不只是旅行

黃麗穗──著

自序
旅行，讓我重新邂逅不同年齡的自己——006

輯一

巴黎．我最鍾情的城市

1. 在鍾愛的城市裡驚惶遭竊——012
2. 痴痴迷戀巴黎的超級粉絲——024
3. 巴黎餐廳裡的另類風情——034
4. 美好的旅行是想像力的花房——040
5. 不斷追尋，走進梵谷的世界——042
6. 常玉，在優渥環境裡豢養著浪漫——053
7. 從王子到混帳，莫迪里亞尼戲劇般的人生——059
8. 時尚，艱深又有趣的百年工藝——065
9. 時尚與文學都是販售「信仰」——070

10. 我在巴黎的「遊園驚夢」——075
11. 老佛爺，叱吒了半世紀的傳奇——082

輯二

日本・旅途中回家的幸福

1. 終於可以「漫遊」日本——090
2. 一列列移動的人文舞台——094
3. 垂瀉著瀑布般花串的百年紫藤——098
4. 一趟蟄伏人生哲理的旅行——104
5. 流淌著時間巨河的溫泉之鄉——108
6. 挺起細弱枝椏全力綻放的櫻花——115
7. 旅行中的「非旅行」，無可言喻的美好——119
8. 終見聖山的廬山眞面目——123

輯三

多瑙河．波瀾不興的悠哉之旅

1. 旅行中見證的生命態度——132
2. 瓊漿玉液催化了旅程中的感動與滿足——142
3. 我眼中那不太投緣的維也納——147

輯四

北極．親炙地球絕景之旅

1. 想念，那淨極也靜極的極地絕景——154
2. 知足惜福的因紐特人——161
3. 格陵蘭之旅中的小「插」曲——170
4. 奔赴一場大自然的謝幕式——173

輯五

日常．旅行之外的精采

1. 這友情書頁請允許我重讀，一遍又一遍——182
2. 反覆熟練才能成就藝術——186
3. 如拼圖般，完成我對家的愛——189
4. 讓美的事物充盈身邊——194
5. 出走的好奇心早已於童年扎根——198
6. 收整行李也是一種對人生掌控能力的訓練——201
7. 旅行之外的日常人生也有驚喜——207
8. 既然可以精采，又有什麼理由拒絕？——211

自序

旅行，讓我重新邂逅不同年齡的自己

我在一次又一次的「反芻」中，看見不一樣的景致、見識不一樣的人文、領略不一樣的風土民情；我甚至重新邂逅、認識了不同年齡的自己！

前幾天，跟朋友談起十月底看的一部電影《金翅雀》。從未讀過原著的我，是在朋友的推薦下走入電影院的。一看之下，非常喜歡，我一面跟朋友討論觀後感一面忍不住說：「這樣的好電影，我很願意再看一次！」

朋友聞言笑了，以一種很懂我的語氣回應：「妳對旅行，不就是這樣嗎？」

眞說對了。

旅行於我，原就像是一本好書、一部好電影，即便是同一則篇章，只要覺得精采，重讀重遊又有何不可？阿拉斯加重返十次！巴黎、東京更是無以數計。我在一次又一次的「反芻」中，看見不一樣的景致、見識不一樣的人文、領略不一樣的風土民情；我甚至重新邂逅、認識了不同年齡的自己！

仔細回頭想想，在我人生中很多喜好與執著，似乎都成就於旅行。若非因爲旅行，我不會發現自己對藝術的嚮往；若非因爲旅行，我不會如此注意自己的體能與健康狀態；若非因爲旅行，我不會常常反躬自省；若非因爲旅行，我對於已然擁有的，恐怕不會時時提醒自己珍惜。

正如那句西洋諺語所說：「旅行是唯一一件，一開始讓你變窮，但眞正實行之後，卻讓你變得富有的事！」

這本書花了我整整兩年的時間書寫，打破了我之前勉力維持的一年一書的慣例。原因無他，就只是我太笨了。我沒有一顆靈光的腦袋，無法在衆多要事中開疆闢土，犁出一條直行的路來。我只能寫著寫著就停筆，去看看改裝中的家；寫著寫著又思忖，要不要把某位自己深愛的畫家也訴諸文字？畢竟我與那些傳世神作的近距離接觸，也都是託旅行的福。

於是，世界愈玩愈大；書愈寫愈多。我成了一個貪心的作者，什麼都想與讀者分享；什麼都想說一說。

於是，兩年中，除了旅程見聞，我亦將家居改造心得、藝術喜好、友情追憶，全都寫進了此書。

「旅行，一開始會讓你詞窮；但到了後來，卻會讓你成爲演說家！」這是另一句讓我深有所感的諺語。既然我不斷在旅行中成長與感動，又怎能不給讀者們一本，迴異於一般遊記的《不只是旅行》呢？

就讓我們一起，盡情被旅行的養分餵養吧！

輯一

巴黎・我最鍾情的城市

凡此種種，我如何不愛巴黎？
如何不在一定時節，思念這些從口腹之欲，到心靈養分，
乃至生活美學的全方位饗宴呢？

1. 在鍾愛的城市裡驚惶遭竊

不知道從哪一刻開始，自己成了壞人眼裡的肥羊。你唯一知道的是，東西不見了！那種感覺很恐怖、很難形容，彷彿原本和樂昇平的世界破了一個洞，所以詭異；所以心慌。

二〇一六深秋巴黎行，我的包包被扒走了。

損失慘重！包括皮夾、現金、信用卡、手機、護照……全數消失！最痛的是：被竊走的不是只有那些有形的物資，還有我們那驚惶的心。

有人盯上了你，在你完全不知情的狀態下。你不知道對方是男是女、不知道是一個人還是一夥、不知道從哪一刻開始，自己成了壞人眼裡的肥羊。你唯一知道的是，東西不見了！那種感覺很恐怖、很難形容，彷彿原本和樂昇平的世界破了一個洞，所以詭異；所以心慌。

事情發生在一家拉麵店，當天我與女兒娃娃以及友人孫曉東先生剛離開里昂。曉東辛苦的開了五、六個小時的車，中途還特意彎到「春天百貨」稍事停留，讓我們母女可以下車活動一下久坐的筋骨。「春天」因爲可以現場退稅，向來是許多東方旅客喜歡消費的地點。我隨意逛了逛，看中一雙鞋，卻沒有合腳的尺寸，於是半毛錢也沒花的重新上了車。

到了巴黎，大家都累了，心心念念的只想趕緊找間餐廳解決晚餐，好能早點回飯店休息。本來大夥兒屬意吃我很喜歡的一家拉麵名店，但到門口時不過七點，距離開門時間還有半小時。不得已只好再尋別家，在拉麵街上嫌來嫌去的終於挑了一間。

事後回想，隨身貴重東西被竊，也許早有徵兆。當曉東將車停妥，我們準備下車時，我還爲了到底要不要帶大包包猶豫了一下。最終因爲想到待會吃完飯得刷牙（這是我的習慣，即便旅行中也絕不悖離），小皮包實在裝不下那些盥洗用具，乾脆還是一個大皮包省事。

就這麼一秒的念頭，我便將本來很少拿下車的整個黑色大包帶著走了。

說起這個大包包，其實才帶出國第三次，還算是個新品。我因爲常出國，很需要像這樣可以掛在登機箱上的大尺寸包包。舊的那個已經用了近二十年，跟著我世界各地跑來跑去，表面都脫毛了，實在不太像樣。然而合適的新包一直難覓，好不容易才遇上這個各種條件都符合的，順利取代了那個已經鞠躬盡瘁的舊包。前兩次經驗更告訴我，它眞是好用又順手。

一進麵店，我們選了近門口的座位。娃娃居中，我與曉東分坐她兩側。這天一路從里昂驅車，就連進春天百貨都無暇顧及民生需求。現在落了座要吃飯了，我當然得去一趟洗手間，於是將大包包擱在椅子上，再將羽絨衣蓋在上面，麻煩他們倆幫我留心一下，便放心離座。

從洗手間回來，我掀開羽絨衣，想拿包包，卻赫然驚覺：

不見了！

那個低矮靠背的高腳椅上，只剩我的羽絨外套，其餘空無一物！

當下方寸大亂，留在座位上的兩人更是瞬間血液凍結。娃娃與曉東都說，他們根本沒有離開位子，東西怎麼可能憑空消失？曉東甚至抱著一絲希望問我：「老師，會不會還放在車上啊？」

即便我萬分確定包包有帶進來，曉東還是立刻奔出店外，跑回停車處確認。不一會他回來了，懊喪的說：「包包眞的不在車上！」

眞的丟了！

當時正值用餐熱門時段，店內客滿。人人飢腸轆轆，在這週末的夜晚，想必正滿心歡喜的等待或享用著美食。我的包包失竊在店內引起一陣小騷動，就連東方面孔的煮麵師傅都忍不住以國語跟我說：「這是巴黎！皮包怎麼能夠不隨身啊！」

雖已六神無主，但我們仍未忘記問老闆：「店內有監視器可以調閱嗎？」

「監視器？」店家的反應彷彿此物十分稀有，「巴黎很少見呢！」

此時不知多麼慨歎，爲什麼巴黎不能像台灣一般，到處有電子眼監視著？我好需要好萊塢電影《全民公敵》的情境啊。

沒有監視器，只能靠混亂的人腦了。

原本我旁邊的高腳椅上坐了兩名法國男子，都帶了很大的登山背包。令我感動的是，向來溫文儒雅的曉東，情急之下竟爲了我，開口對那兩位狀似背包客的法國男子說：

「抱歉，我朋友的包包不見了，麻煩你們讓我看一下背包，這樣我們心裡比較不會有疙瘩，眞的很抱歉，但拜託了。」

兩個男生一面嘀咕著說這樣對他們很不公平，一面還是在曉東的誠意請託下，不太情願的打開了大背包。曉東看過後，向兩人鄭重致歉也道了謝，轉頭對我說：

「老師，我們報警吧。」

老實說，我不是不知道在巴黎報警的無用與無奈，歐洲治安之差，警察單位早已見怪不怪，東西無論被竊被搶，找回來的機率無異於大海撈針。但是……眼下怕是沒有更好的辦法了。

爲了就近找警局，我們三人只能用步行的。離開餐廳前，我僅剩的理智發揮作用，對曉東與娃娃說：「還是吃兩口再走吧，不然待會餓得頭暈眼花就慘了。」明知必定食不下嚥，三人還是勉強吞下幾口拉麵。也許是受了沉重心情影響，這間生意很好的拉麵店，我卻吃不出何美味之有。

像是回應我們的心情似的，在往警局的路上，巴黎的天空下起霏霏細雨。我向來喜愛的巴黎街道，從來沒有一刻讓我感覺如此陌生而詭譎。我的心是冷的；腳步是猶疑畏懼的；異鄉的霧漸漸圍攏上來，好似一張吞噬的大口；好似要把我對於這城市的愛與信任，全都一口吞掉！

曉東一直表示內疚，但其實我眞的誰也沒怪，一來當時怎麼想得到會被偷；東西明明就在手邊啊！二來他們兩人或許當下正專心看著菜單，哪敵得過早有預謀且膽大包天的竊賊呢？

是我疏忽了。

巴黎的街道失去了往日讓我迷戀的顏色。財物失竊當下的驚惶，此時漸漸轉成一種混和焦慮與不安的情緒。我不知道餐廳與警局之間距離究竟近不近，只覺得拖著沉重的步伐，好像走了特別久。何況心中還記掛著車上的行李，默默祈求可別又被什麼宵小覬覦了才好！

好不容易進了警察局，約莫已是十點多了，輪值的那位法國警官在慘白的光線下看起來一臉睡眼惺忪。我們的焦急無助，在此刻冷冷清清且對竊案視若無睹的巴黎警局裡，更顯諷刺。真的多虧有曉東，否則就算我有個英語流利的女兒陪在身邊，恐怕也一樣英雄無用武之地，雞同鴨講。

報了案，娃娃想到可以趕緊與駐法的台北辦事處聯繫，於是撥了緊急電話。順利約妥次日早上十一點，攜同報案紀錄，便可申辦回國時所需的臨時證件。

事情到了這一步，總算稍微塵埃落定。就在法國的警察局裡，我撥了電話給人在台北的先生。

「喂，老婆？」那頭一接通，我才剛聽到外子的聲音，「忍」了一整晚的眼淚立刻奪眶而出，邊哭邊將事情原委跟先生說了。

「沒事沒事！人平安最重要！」先生沉穩的聲音安撫著我的情緒。問清了包包裡到底有哪些東西後，他馬上幫我處理了信用卡止付等重大事項。弄丟一個新買未久的包包，連帶丟了放在裡面的皮夾、手機。手機最冤，出國前沒幾天才剛換的新版

「iPhone 7」，我連它的各項功能都還未及熟悉，就已經失去了它，更別說裡面還存了許多珍貴的照片。最心痛則是現金，爲了支付巴黎的飯店住房費，以及其他諸項費用，皮夾裡的現金還不少。這一丟，我什麼錢也沒有了，也沒卡，只得先用娃娃的。破財消災。只能像先生說的，不斷安慰自己，人平安就好！

次日是禮拜天，一早，我們依約到了駐法台北辦事處，敲了那扇鑲嵌著黃色框框、很漂亮氣派的藍色大門。

沒人出來。

大概因爲已經過了一夜，心情沉澱了不少。我突然輕鬆起來，敲門的時候還要女兒幫我拍照，作勢像要擊鼓申冤。

到了十一點半，我又再敲了三下門，還是沒人應。撥打電話，才知對方早就等候我們多時了。

接待我們的鄭小姐非常客氣，滿臉笑容。聽了我的經歷後直說，這樣的情況算幸運的。一來我們明天就要返台，影響不致太大。駐法辦事處歷年來接獲不知多少案例，很多都是旅程剛開始，抵法沒多久便什麼都被偷光或搶光了。二來只有財物損失，沒有太大驚嚇。鄭小姐舉例說，曾有整團台灣旅客入住戴高樂機場附近的旅店，兩人一房。旅店不是太高級，窗戶有點損壞。半夜有團員驚醒，竟然見到房內有陌生男人的黑影，嚇壞了女團員！最後當然也是東西都被偷走了。

我聽了一身冷汗，看來相較於其他旅人的際遇，自己真的很幸運啊。

因為過了一夜，心情已沉澱，敲門的時候，
還能笑著做出擊鼓申冤的動作。

隔天在聖母院前開心拍照留念。

辦好了臨時證件，心頭更是卸下不少重擔。鄭小姐仔細交代我回國入境時，要怎麼做才不致耗時排到不能辦理的窗口。眞的非常感謝她，以及其他辦事人員的幫忙，我才能順利解決這可怕的「巴黎失竊記」。

離開駐法辦事處已是正午十二點半。曉東開著車，帶我們四處走走。那天雖是週日，有我最愛的骨董跳蚤市集，但早上十點開始營業的市集，早已結束、收攤，沒得逛了。再說我也沒錢啦！

於是我們來到聖母院，遭竊不過才是前晚的事而已，但此刻天光正好，風和日麗，境由心生，巴黎又變回了我眼中的巴黎。

我們閒散的在聖母院外面散步、拍照。景色眞的很美，我望著優雅流淌的賽納河，河面波紋粼粼，河水沉靜地刷過時光，由衷感到掃去了昨夜驚懼不安的陰霾。

「我——愛——巴——黎！」這個十幾個小時前才剛被偷去重大財物的傻旅人，就這麼發自內心喊出了口。我愛巴黎，巴黎就像是我的恐怖情人，無論如何對待我，我都深愛他、離不開他。

曉東與娃娃當然都聽到了，兩人都笑了出來。知我若他們，想必無須解釋，都懂得我之所以放下的理由吧！

不經一事、不長一智。無論如何，習取了寶貴教訓但平安無事，我還是幸福的。

優雅流淌的賽納河波紋粼粼，映襯出夜晚的巴黎鐵塔更加動人。

後記：包包失竊當晚，在拉麵店前排隊等著進入時，有位排在我們後面的黑髮西方中年女士，堅持要坐在我們三人旁邊的座位。當時我沒有多想，失竊後在一陣兵荒馬亂的騷動中，更無暇推理。然而回國後，開始動筆寫這段經歷時，不知爲什麼，她的堅持突然讓我疑心起來，而且一個外國女人單獨去吃拉麵也頗不尋常。在事發後，她還十分熱心的問東問西；總之愈想愈不單純，只是事過境遷，我的這份懷疑就算眞的對了，也徒增傷感，於事無補啊！

2. 痴痴迷戀巴黎的超級粉絲

如果將巴黎形容成一個人，我約莫就是那個痴痴迷戀他的粉絲。缺點又如何？「誰沒有缺點啊？」我會理直氣壯的這麼答。缺點再多，看在粉絲眼裡，永遠是瑕不掩瑜的。

最近，朋友問我，究竟爲什麼如此喜愛巴黎？

是啊，我也忍不住自問：「爲什麼如此喜愛巴黎？」

明明是一處那麼遙遠的異鄉；明明語言不通；明明去一趟是那麼耗費體力、時間、金錢；明明往返之間都有惱人的時差得調整；明明歐洲向來治安不好、扒竊猖獗；明明近幾年還多添了恐攻威脅，旅行中的危險因此又更增未可預知的變數……

這麼多的疑慮，怎麼卻絲毫阻止不了我對巴黎鍾情？

如果將巴黎形容成一個人，我約莫就是那個痴痴迷戀他的粉絲。缺點又如何？「誰沒有缺點啊？」我會理直氣壯的這麼答。缺點再多，看在粉絲眼裡，永遠是瑕不掩瑜的。

何況，他可不是不學無術、毫無內涵的空殼草包。

巴黎的精采，於我，每每思及便要臉露春風、嘴角揚笑。有時冬日台北連連淫雨、天光陰鬱，我宅在家中百無聊賴，手中的書本也解不了我的寂寞虛空，這種時刻，我便會非常思念巴黎。

也許想起某條不知名的小巷，或者某間個性小店，更常想起的是某間美術館。塞納河畔的春風拂面；唇齒間留香的熱巧克力、栗子蒙布朗蛋糕；香榭大道上的時尚男女；平價餐廳裡的美味油封鴨腿；巴黎的記憶滿滿充塞在我腦海中，隨手拈來，遠不只是花絮而已。

即便是一段在旅途中身體微恙的記憶，似乎也因爲是巴黎的關係，淡化了不適。

二〇一七年五月，我因爲連續數日起早趕晚的行程，過於勞累，居然少見的忙到吐了。那個下午，巴黎的陽光暖暖的眷著人，卻獨漏了我。我在名店愛馬仕的門邊，不舒服的蹲了下來。女兒娃娃一邊輕撫著我的背，一邊也被老媽這向來生龍活虎的旅人難得的「欠安」嚇了一跳。

突然，一位陌生的巴黎帥哥，遞了一瓶未開封的礦泉水過來。他用英文對娃娃說：

「讓這位女士喝點水吧！這是我剛買的。」

不知道是不是因爲溫暖的人情，那一瓶礦泉水，簡直比任何飲品都要甘甜。

那位巴黎帥哥的臉至今已模糊了，但他溫暖的手、遞過來的水，我卻永遠不會忘記。

療癒人身的，是人情。

治癒心情的，是美食。

尤其巴黎美食，任何時刻想到，總讓我無比垂涎。如果一個迷路的人只能靠味覺記憶當指南針，那麼，毫無疑問，我一定會被引領至巴黎。法國食物與我，從無磨合問題，始終很合我的口味，鮮美、細緻、不會過鹹或過辣。早從多年前第一次接觸法國食物開始，我便打從心底喜歡上它的各種面向：食材本身、料理方式、創意發想、調味火候。多年來，進出巴黎多次，從巷弄庶民小吃到高級飯店裡的米其林星級美食，我的靈魂，幾乎要被溫柔的綁架了。

先說說不太像會出現在我的食物選項裡的「漢堡」吧！去巴黎那麼多次，我連想都沒想過，「吃漢堡？」在當地友人曉東不斷的慫恿下，姑妄試之，結果大爲驚豔。牛肉薄片在中間層層堆疊，堆得好厚。不僅肉質鮮甜，外層的麵包也不像一般連鎖速食店那樣乾癟無趣。手中的這個漢堡，外在賣相已讓人感覺細巧精緻，當我一口咬下，肉汁自麵包中溢出，加上麵包的鬆軟，咀嚼間，蛋白質與澱粉互相凸顯了各自的優點。

一個小小的漢堡，都可以讓人看見製作者用心與否。

所以啊，「非不能也，實不為也。」一個小小的漢堡，都可以讓人看見製作者用心與否，足見美食一事，是多麼不應輕忽怠慢的藝術。

旅人當久了，總知道如何在毫無線索的情況下尋找當地美食。比如在辦公室林立的商業區，只要看到上班族都往那鑽，十之八九是好吃的。這種方式至今沒有出錯過。人潮無異是最好的保證，一來味道絕對不差，二來因為是上班族的選擇，價格必定合理。

某回在巴黎吃到的牛排，便是在跟著上班族腳步帶領下，走進一家據說是全國連鎖性的餐廳。一個人二十五歐元左右，首先問你要喝什麼?我要了一杯熱開水（一般餐廳多是提供免費冰水，每每我說要溫熱的，總是難免被人家多看兩眼，但我毫不以為意。）然後沙拉上桌，完全素的沙拉，沒有半點肉，但生菜的分量蠻豐富的。

接著，主菜牛排登場。先是一個熱爐，其上有熱油，色澤美豔的牛肉攤在上面香煎著，新鮮的肉香在滋滋作響的油花間溢出。緊接著，再上一份烤的牛排，少了油煎的噴香，多了燒烤的豐美。兩樣料理方式，兩種美味。當牛排煎好、烤好，再以小塊分食。不至太過飽足而影響口感，也不會因為單一口味而顯得無趣。

食畢，雖然沒有咖啡、沒有茶，但有頗具水準的甜點。以巴黎的價格，如此內容，二十五歐元，已經算是 CP 值很高了。

旅人當久了，總知道如何在毫無線索的情況下尋找當地美食。

（不過話說回來，美食換了城市，價格也會不同，好比前述的連鎖牛排，相同的內容，我們後來在波爾多吃了一次，竟只要十九歐元！整整少了六塊錢！）

至於海鮮盆，初初在巴黎，我也曾是對著那裝滿螃蟹、龍蝦、生蠔、大蝦、小蝦、海螺、蛤蠣等等驚人美食的「小臉盆」大呼「哇！」的旅人之一。但久了之後，慢慢知道如何吃得精巧，我常是捨棄螃蟹與龍蝦，改要六顆生蠔，搭配其他海鮮。精打細算不全是爲了省錢，主要還是依從自己的喜好。我本就不頂愛螃蟹龍蝦，最愛風螺，小小的，肉鮮味美。

所以，與三兩朋友同桌，叫一個有著半打生蠔，與風螺、小蝦、中蝦各數隻，淡菜幾顆的海鮮盆，再叫一客牛排、一客通心粉、一籃麵包，大家分而食之，足矣。

我很愛生蠔，最喜愛的食用方式是擠上檸檬汁，咕嘟一下滑入口中。法國餐廳通常給半顆檸檬，以紗布包覆，避免客人沾手。只要生蠔夠新鮮，我個人以爲，這樣單純以檸檬提味，是最能吃到生蠔鮮美的方法。

在巴黎旅行時，我晚上的胃口有時並不若在國內那麼好。尤其初抵那幾天，還在時差的「魔掌」內，巴黎時間晚上九點，其實已是台灣時間半夜三點，我自然吃不太下，總得花點工夫調整。要是下午喝了個午茶，那麼晚餐更是不必吃了，一個「飽」字而已。飯店房間內通常會有些水果，眞的餓了，吃點水果，頂多再配個麵包，也夠八分飽。

若想吃鵝肝，給您一個建議，可選擇麗池飯店的下午茶（魚子醬則不建議，實在太貴）。鵝肝無須上高級餐廳單點，價格太高不說，老實講也沒有必要。

咖啡廳的下午茶，可以簡單點個三明治，搭配咖啡或茶。畢竟人在巴黎，一個旅途中短暫停駐的午後，食物飲料都只是附屬，重要的是人文。巴黎的咖啡店所以迷人，衆所周知是因爲這座城市的風韻，巴黎男女，世界各地的旅人過客，交織成流動的饗宴，我總沉溺其間，百讀不倦。

比如麗池飯店，這個曾有幸留駐過黛安娜王妃最後身影的地方。吃一客它的下午茶，便眞是一場人文風華的享受。在那裡，叫一杯咖啡，配個甜點，便能圓了朝聖的夢。你可以見到宛若時尙雜誌上的潮流男女，來來去去。優雅自信，是他們共同的語言。

我曾在麗池喝午茶時，見到一位東方女子，後來聽她說話，知道是韓國人。那女子穿一件綠色的皮衣，長髮披肩，樣貌年輕。

之所以吸引我的注意，首先是她的衣著。綠皮衣本來就夠大膽了，遑論她還搭了一雙綠色皮靴，這得有多大的自信，才能駕馭得了如此強烈的顏色？

再來是她的妝，韓國女性在美妝技巧方面之高超，向來是讓全球衆多女性（尤其

達利美術館前櫥窗，巴黎的美感，隨處可得。

是亞洲）趨之若鶩的，眼前的小姐妝容精緻、乾淨，襯在年輕的肌膚上，更是相得益彰，正紅色的口紅，配上綠色的皮衣皮靴，煞是好看。

巴黎男女，約莫是我眼中最沒有年齡分野的城市風景。東京也不錯。這兩個城市，都是既能保有年齡特質（比如年輕人的活潑、可愛；熟年人士的沉穩、優雅），又能無限包容創意的時尚寶窟。每每見到那些穿著合宜，舉止又恰如其分的人們，無論幾歲，不分性別，都讓我忍不住目不轉睛。心裡則充滿了愉悅，因爲他們的緣故，我的旅程，又增色好幾分！

再說克里翁飯店，我去巴黎多次，卻從來不知此處，直至梅尼爾先生的推薦。原來，這飯店一直是梅尼爾家族多年來在巴黎的停腳處。舊的房舍過於老舊，後爲中東王儲買下，足足花上四年光陰整修，恢復了它古典的風貌。我尤其喜愛那窄窄瘦瘦的法式長窗，恨不得能偷師、複製到自己家裡。

凡此種種，我如何不愛巴黎？如何不在一定時節，思念這些從口腹之欲，到心靈養分，乃至生活美學的全方位饗宴呢？

3. 巴黎餐廳裡的另類風情

沒辦法，我們根本騎虎難下，又不能就這麼拍拍屁股走人，只好硬著頭皮繼續坐，一人一道，把剛剛說的那三道最便宜的都點了。

「咦？我的菜單上，怎麼沒印價錢啊？」說著，我湊近朋友，只見她手上的那份menu，跟我的如出一轍，也沒有秀出任何一道菜餚的價格，有的只是一長串看不懂的法文，大概是食材與味道簡介之類。

「老師，我的這份就有欸。」曉東說，翻過菜單來讓我們看。果然，就像一般菜單一樣，每一道菜餚後面，緊跟著清楚的金額標示。

到法國旅行那麼多次，這眞的是史上頭一回，也算是開了「洋葷」了。

我的合理揣測是：此餐廳爲了凸顯對女士的尊重，所以才費心設計男女有別的menu。因爲，當人們來到這樣高級的餐廳享用美食，應該是由男士掏錢請客的。不讓女士知道價錢，在點菜的時候，就不至有「盡選最便宜的點」抑或「故意點最貴」的

雅典娜廣場酒店令人驚豔的美食。

雅典娜廣場酒店具有辨識度的紅色棚子。

情況發生。

無論我的猜測是否正確，只要一想到不知詳情的女士們，對著男伴說出自己的選擇，然後那荷包不夠豐厚的男士（或許爲博佳人芳心，他可是存了好久的錢），心驚膽跳卻又不能動聲色的盯著菜餚的價錢……那樣生動的畫面，讓我忍不住想笑出來。

回到我們三人的用餐場景：唯一的男士曉東，唸出了那讓人驚詫的價格。

「最便宜的一道：燉蔬菜，四十五歐元（合台幣兩千多元）。」往下找，次便宜的只有一百零五歐元與一百一十五歐元。

沒辦法，我們根本騎虎難下，又不能就這麼拍拍屁股走人，只好硬著頭皮繼續坐，一人一道，把剛剛說的那三道最便宜的都點了。

正當我們鬱鬱的想著黑店也不是這樣坑人的吧，服務生開始上菜了。前前後後，林林總總，我們每個人自以爲的「一道」，連同最後的起司、甜點、咖啡，竟然多達十道菜！

而且，從一開始的麵包就是個讓人一入口，便不由得眉開眼笑的加分題。我只能說，好麵包眞是一門大學問，會做麵包的，好吃的程度實在難以言喻。在這家餐廳裡，麵包成功撫平了我們的疑慮，它的奶油也極棒，相得益彰。打頭陣的麵包與奶油，成就了客人的信心，深怕花了錢又踩雷的擔憂，瞬間化爲烏有。果然其後一道接一道，像一首平順悅耳的樂曲，我們吃得心滿意足，就像被人開了個善意的玩笑，實則是個意想不到的驚喜！

如此經驗，實在難得，怎能不寫來與大家分享呢？

在法國，我的心常常太滿；身體常常太累；口腹常常太飽足。然而若論旅行的品質，這幾個「太」字，不正代表了令人心怡的旅行成果？

每當我浸淫在法式氛圍中，整個人都會因爲「多麼的法國」而感到飄飄然。因爲眼見景象總是：男的男、女的女，衣冠楚楚耐人尋思。即便是位老太太，依然好好的打扮自己，妝容、髮式，甚至是帽子、鞋襪，無一馬虎。

喝個下午茶，一個小小的花園，也呈現著四季的景致。這是對生活的講究，我喜歡。

本來此番二〇一七巴黎看秀之行，欣賞的純粹是時尚之美。模特兒在顧盼行走之間，挑動著光明正大的性感。然而出乎意料，在秀場之外，一頓飯的光景，我們竟也有幸「親睹」檯面下的另一種法式「情挑」！

那是一間高級咖啡廳，食物非常美味。我與朋友們對坐著，所以彼此面對不同方向。就在我視線所及的前方角落，有位挺拔的法國男士，約莫四、五十歲的年紀，貌似高階主管。桌面上擺著筆記型電腦，看起來像正談著公事。然而，精采的卻在桌面下如火如荼的開展著……

只見與他同桌的法國女士，翹著腿，眼波流轉。男士的手呢，忙個沒完，一路由她的大腿、小腿、撫摸到高跟鞋。兩人間燃燒的情慾，簡直讓人臉紅心跳又目瞪口呆！

朋友頻頻催促我：「換位子、換位子！」深怕錯失了什麼。

這麼一幕，為顧及別人隱私，只能留在眼裡心裡，卻不好留在相機手機裡的影像，為我們的旅行又憑添了幾許浪漫遐想的色彩啊！

4. 美好的旅行是想像力的花房

站在聖讓的大廳，仰頭看看那中間透出一方藍色蒼穹的屋頂，身為一個旅人的快樂感覺，霎時間像顆透明的氣球，冉冉自我的心裡升起，一路上升漂浮到最接近南法天空的地方。

二〇一七年五月，因爲旅程安排，我來到西南法的波爾多。在波爾多聖讓火車站，停留了兩、三個小時。

天氣很好，晴空非常藍。碧天映襯下的車站美得不得了。我細細欣賞著那融合新舊建築，現代與古典兼具的優雅。屋頂、天窗、扶手……形似魚骨的拱型頂罩，耳邊充滿著車站的法文廣播，還有旅人們的細瑣交談。雖然完全聽不懂，但聲音在旅程中，本就是不可或缺的元素。充斥著外語的波爾多車站，因此更加迷人。

聖讓火車站 Gare de Bordeaux Saint-Jean，位於市中心的 Cours de la Marne 街盡頭。最早的啓用時間始於一八五五年五月三十一日，其後經歷兩次重建。一次是在一八九八年進行主體建築的整建。另一次則在一九八七年，爲因應法國高速鐵路的開通，爲車站增建現代化設施與外部裝飾。整體建築分爲三個部分，除了頭尾的出發與抵達大廳，還有中間的西餐廳。

車站最膾炙人口的設計，無疑是那宏偉的大屋頂。建築師居斯塔夫・艾菲爾也因爲聖讓車站而聲名大噪。

站在聖讓的大廳，仰頭看看那中間透出一方藍色蒼穹的屋頂，身爲一個旅人的快樂感覺，霎時間像顆透明的氣球，冉冉自我的心裡升起，一路上升漂浮到最接近南法天空的地方。

站內一根根設計成路燈形貌的燈具，古典氛圍滿點。在我無盡的幻想中，若在晚間，就算有白霧繚繞著那溫婉的光線，然後衆人穿著復古，男士女士多半戴帽，手提色澤沉潛的皮製行李箱，或急切或緩慢的在站內行走，我都不會覺得奇怪。

美好的旅行是想像力的花房，波爾多聖讓車站正像一個美麗的溫室，身處其間，想像力如綠意蔓延，花開處處，豐盛了我的旅程。

5. 不斷追尋，走進梵谷的世界

麥田的實景，就在他那小小的石碑對面。當微風吹動，麥浪搖擺，那一刻，我終於在現場「感受」到了畫作中那螺旋狀的筆觸，究竟從何而來。然而，除了梵谷，又有誰能從麥浪的湧動「看見」螺旋、「聯想」螺旋？

我一向喜愛梵谷，這些年跑了法國那麼多趟，去過南法的亞爾小鎮，曾在梵谷畫下了〈星空下的咖啡館〉的咖啡館逗留，也曾在亞爾醫院（梵谷割去左耳後被送進的療養院）花園裡追尋大師的氣息。卻直到二〇一七年五月，才終於親炙了大師生命最後的棲息地——奧維。

那是巴黎北邊的一處小鎮，一個沒有工業的樸實所在。有樹萋萋、有河清清。

五月，本屬於紫藤花的季節，一串串如夢的人生欲望，懸垂而下。近幾年，我總在那既美麗又沉重的時節造訪法國鄉間。盛開的紫藤讓人不忍逼視；凋謝的紫藤又令人深深憐惜。趕上了，覺得欣喜；錯過了，卻彷彿引來更多的思緒。

梵谷之家，裡面保留著梵谷在奧維居住時的房間。

及至最終，命運都沒有放過嘲弄兄弟倆。

五月，無心插柳，卻竟正是一百二十七年前，梵谷踏上此地的同一時節！

單薄的木樓梯一路從山丘旁轉了過去。出現在梵谷畫作中的景致，實際所見，卻完全沒有那樣的意境！我站在教堂邊，細看那張特意擺放在教堂左側的複製畫，不得不更對天才折服！

畫家的眼，果真與我等凡夫俗子不同！

梵谷的畫作，我幾乎熟記每處細節。所有的色塊、所有的線條，在畫布、在電影、在被後世複製的無可數計的商品上，我們這些梵谷迷，一遍一遍的複習，直至再也無法忘記。

但那畢竟是畫中的呈現，當我真正看到他筆下的「麥田」，看到實景，竟驚詫

這苦命卻深愛對方的兄弟，永遠相伴相守。

得說不出話來！

因爲，實景在畫作的對照下，竟是那樣的普通、那樣的讓人感傷。這才知道，梵谷那驚世的才華原來如此巨大！瘋狂的靈魂從悲傷的眼裡奪眶而出，而後，附身於畫筆，在畫布上活出了獨一無二的生命。

麥田的實景，就在他那小小的石碑對面。當微風吹動，麥浪搖擺，那一刻，我終於在現場「感受」到了畫作中那螺旋狀的筆觸，究竟從何而來。然而，除了梵谷，又有誰能從麥浪的湧動「看見」螺旋、「聯想」螺旋？

我靜靜的看著，突然感覺：河流不正像一條臍帶，在那樣的景致裡，連結了梵谷的不凡畫作與平凡的大地麼？樹木，又多麼像是無數隻臂膀，既以不同的姿態伸向天空，也以不同的程度對土壤需索。當年的梵谷，究竟是以什麼樣的心情，將這些日日所見，幻化成為一種奇異的永恆？

我深愛梵谷，卻從來不敢說自己懂得梵谷。因為他太巨大、太不受框囿。他的畫作，生時無法覓得知音，死後才終得發出撼世的光芒！正如那小小的石碑，恰似一處荒墳，日復一日、年復一年的與那孤高受苦的靈魂相擁而眠。

一八九〇年五月二十一日，潦倒病困的梵谷來到巴黎北郊的奧維鎮。這個曾被弟弟西奧提起，與兄弟倆出生地相似的地方。

初抵鎮上，梵谷便搬進了拉霧酒店療養。在這個他最後的容身之處，房間裡只有一張鐵床、一個洗臉台。

因為太窮，當年的梵谷沒錢支付房租與餐食費用，只得鬻畫維生。他曾在七十天內畫出八十幾幅畫，近乎陷入絕境的身心景況，可想而知。

他寫信給西奧，在信中對最愛的弟弟吐露了無助無依的心情：

「我覺得非常悲傷，不斷感覺威脅你的那場風暴也在壓迫著我！該怎麼辦呢？」

信中所謂的「風暴」，指的是西奧當時為了能賣出哥哥的畫，經常與畫廊老闆發生爭執。加上妻子與罹患重病的孩子交相煎迫，一直在接濟著梵谷的西奧，終於到了山枯水竭的時刻。他不忍的告訴哥哥，恐怕再也無法寄錢給他了。

深愛他的弟弟，曾爲了哥哥的才華四處奔走，卻始終未能挽回任何頹勢。他們多像一支兩頭燃燒的蠟燭，這一對命運深深相繫的手足，卻也始終受著命運的嘲弄。

走投無路的梵谷，又在極度貧病的情況下，與他的醫師好友嘉塞大吵了一架。醫師停止到拉霧酒店探訪他，梵谷陷入了完全的孤立與絕望之中。

那一幅〈有烏鴉的麥田〉就是梵谷最後的遺作。畫中麥田被暴風雨欲來的滿天陰鬱所籠罩，群鴉盤桓，麥浪狂舞，而畫面正中的泥土路，卻伸向看不見的遠方……

充滿了痛苦的一幅畫，後世甚至解讀那群烏鴉是不祥之兆！斯人已逝、斯人已遠，既是一幅如同遺言般的畫作，作畫之人當時的心情，怕是不難揣度的吧。

窮途潦倒又神智瘋潰的一代巨匠，帶著畫具，走進了他生命後期最熟悉的麥田，舉槍朝自己的腹部，扣下了扳機！

那個轟然巨響的當下，微風是否仍吹起了金黃色的麥浪？是否有群鴉被槍聲驚起，嘩然振翅？當可憐的梵谷扶托著不斷冒出鮮血的腹部，艱難的回到房中躺下，那朵他筆下的白色鳶尾花，是否曾有一刻，垂下了孤傲寂寞的臉龐？

嘉塞醫生緊急通知了西奧。情深義重的弟弟，趕來見了哥哥梵谷最後一面。

及至最終，命運都沒有放過嘲弄兄弟倆。重傷的梵谷，在病床上拖了兩天才走。

梵谷筆下的奧維教堂。

一八九〇年七月二十九日，一代巨擘梵谷逝世。距離他來到奧維，整整七十天。

半年之後，傷心的西奧也跟著摯愛的哥哥，撒手人寰。

西奧死後，本來葬在荷蘭的烏特列支，後來是遺孀喬安娜將他移葬到梵谷的墓旁，好讓這苦命卻深愛對方的兄弟，永遠相伴相守。

小小的兩處石碑，當初無人聞問的法國公墓，只有嘉塞醫生爲他們親手栽植的常春藤，攀附在墓碑上。微風再來，麥浪又起，情深義重的手足，終得毫無牽掛的相聚。凡此種種，既是一種文獻上的紀事；亦是我對自己深愛的藝術家僅有的了解，無論如何比不上，親眼看一看。

我們的參觀行程，依序先去梵谷墓地，再至故居。五月初，春天的芳華正盛，到處是鮮花朵朵；到處是美麗的風景。下午時分，陽光依舊燦爛。

因爲室內必須控制參觀人數，我們在院子裡等待，清風徐來，我舉目四望，春的身影無所不在：葉子抽出了嫩芽，有的是淡淡的黃綠色，有的則是鮮翠的檸檬綠。那一天，我穿了一身新衣，清楚記得，進去室內前，與女兒及孫先生聊著天的我，心情是十分愉快的。

五點鐘，輪到我們進入參觀了。

故居因爲是拉霧酒店，其內有個餐廳，但當時沒有營業。跟著前面的遊客腳步走著，最後，來到了那個名聞遐邇的房間。

畫作中的那張桌子，不在了。那張床，也不見了。眼前那小到不行的房間裡，破舊腐朽的地板上，獨剩一張椅……

不知爲什麼，我的眼淚當場決堤，完全不受控制，洶湧的感傷像洪水一樣襲來。看著那個沒有聲音的房間，壓抑下極想拍照的欲望（室內是禁止攝影的，女兒也極力阻止），我想像著當年梵谷的不安、局促、無止無盡的經濟壓力與精神摧折。想像他最後躺在鐵床上的身影，想像那雙在弟弟西奧陪伴下，終於閉上的雙眼。想像著那受盡磨難的靈魂，若換作是自己，恐怕無法撐過七十個晨昏，早已崩潰！

我拖著步履，走在人潮的最後，淚眼婆娑。出得院中，陽光一逕的燦燦。沒錯，世界仍在運轉。但我卻不禁想起了〈世界末日〉這首歌裡唱的那句「我的世界將被摧毀」。好大的諷刺啊，人生是如此難解的一齣戲。

爲了整理那凌亂的、散落在悲傷中的情緒，我走進了禮品販賣店，不停的對自己說：「妳可以的，別哭。」想盡辦法讓自己穩定下來。

向來最愛逛各地美術館附設賣店的我，本想買本梵谷畫冊，但因爲實在太重，萬不得已只好作罷（我原有的是小本的，購於他處的美術館）。接著，我又動念想買一

大師身影不在，只能憑著曾經留下的痕跡，徒留後人追憶了。

條餐巾，最終也因其上印製的字樣不喜歡，又放了回去。

空著兩手，就這樣離開了奧維。回巴黎的路上，夜色在車窗外，一點一點的，慢慢圍攏上來，我的思緒漸漸和緩沉澱，心中既苦又滿足。

後記：前兩日，我才剛寫完這篇梵谷，無巧不巧看到新聞上提到，在梵谷名畫〈橄欖樹〉的畫布上，發現了一隻蚱蜢乾燥且保存完好的屍體。據外媒報導，這隻蚱蜢在梵谷的畫上，竟然整整待了一百二十八年！

讓我覺得既有意思又驚訝的是：一隻小小的蟲兒；百多年前的法國小蚱蜢，不知用了什麼「方式」，竟然成功的讓自己長眠於大師的作品上，一睡睡了一百二十八年！而且正是躺在橄欖樹下，毫無違和感。

因爲小蚱蜢的現身，讓專業人士與全球畫迷們更加確定：梵谷生前最後那一兩年，總是拖著他病弱的身體，選擇於户外寫生。只是，大師應該完全沒有料到，有那麼一隻獨具藝術修養的小昆蟲，曾經陪著他，靜靜的畫著橄欖樹。

小蚱蜢呀，你是不是看畫看得入迷了，才會失足跌進油彩裡呢？我們東方有詩仙李白爲撈月而亡，你一介蟲豸，仿效的又是誰的浪漫？

6. 常玉，在優渥環境裡豢養著浪漫

多年經驗積累下來，我從一個什麼也不懂的藝術白丁，慢慢也有了自己的眼界與品味。關於名作，我早已不是照單全收，而是漸漸能夠從繁花似錦中，看到那讓自己眼睛發亮的一叢新綠。所有的作品，都是藝術家的聲音。也許是與世界溝通的窗口；也許只是一己的獨白。

每次跟朋友聊起出國逛美術館一事，我總是像被啟動了什麼開關似的，口若懸河的說個不停。

那是一種急於分享自己所愛事物的雀躍。對於藝術的熱愛，心中滿得要溢出的感動，在親炙偉大作品的當下，卻可惜常常只有自己一個人。是以，儲存起來的洶湧情緒，回國以後，就像帶回了什麼了不得的紀念品似的，「分送」給大家。

我的感覺是，藝術的觸角絕對可以靠後天努力培養的。多年經驗積累下來，我從一個什麼也不懂的藝術白丁，慢慢也有了自己的眼界與品味。關於名作，我早已不是照單全收，而是漸漸能夠從繁花似錦中，看到那讓自己眼睛發亮的一叢新綠。所有的作品，都是藝術家的聲音。也許是與世界溝通的窗口；也許只是一己的獨白。無論如何，因爲聽懂、看見了作者的心情，有了共鳴，那樣的快樂，眞的無法言喻。

關於畫畫，我愛梵谷、米羅、常玉、畢卡索。尤其梵谷的畫作，總讓我佩服得五體投地。看看那幅〈鳶尾花〉（Iris），在全是紫色的花枝間，獨獨自左邊騰出一朵雪白的鳶尾來。那般的獨特、孤芳自賞。每見其作，我的心裡總不由得發出讚嘆：這就是梵谷！普世之大，能將鳶尾花以如此絕世之姿表現的，怕也唯有梵谷了。

如何想像：創作此畫時的梵谷，正住在法國Saint-Remy的一間精神病院裡！那是一八八九年的五月，他去世前一年。生命的甜美與驕傲，並沒有向這驚世的天才展露笑顏。五月的風拂過，紫色鳶尾盛開了，而梵谷卻獨獨看見了白色的、孤單的自己。

我看畫，感動排第一。若無感動，如何能夠喜歡？比如那種充斥著金色與暗紅色的歐洲宮廷古畫，也許是過於雕琢，又可能與我的生活距離過於遙遠，我橫看豎看，眞的壓根沒感覺。更別說畫裡那人性的貪嗔癡，誰與誰的糾纏，於我何干？

又比如達文西，五歲便能爲人作畫的一代繪畫神童，聰敏過人，當然技巧沒話說。集音樂家、詩人、科學家、哲學家、天文學家、工程師、發明家於一身的他，甚至還是位解剖學家！這樣聰明絕頂的「文藝復興時期最完美的代表人物」，畫作之高超，無庸置疑。但他的作品，就是無法感動我。

雕塑，我喜歡，但不至於愛。我之看米開朗基羅，覺得厲害，讚嘆連連，卻如同達文西，沒有感動可言。

喜愛常玉，已有多年。對於常玉畫作的憧憬，很大一部分也是在了解畫家的生平後，因為自覺更加進入他的內心世界，進而衍生出的理解與佩服。孤獨、孤單，生前抑鬱不得志，身後才讓作品代他活出石破天驚的一筆。梵谷舉槍自戕，常玉卻是死於巴黎寓所的煤氣中毒意外，未及活到他六十五歲的生日。

常玉的畫，總在簡單的線條裡，透露出一份對人生溫柔的信念。他出身四川書香名門，家境富裕。大哥、二哥不僅都有著傑出的成就，對常玉這個小弟更是非常疼愛。不吝培養子女的父親，還特別為這有著書畫才華的幼子，高薪請來清末民初的蜀中大儒趙熙，教授他書畫與詩文。

從九歲至十四歲，常玉一直跟在趙老師身邊，奠定了深厚的書畫底蘊，爾後他又進入上海美術學校，更讓書法、畫技益臻精進。這樣成就於年少的基礎功，影響深遠，使得往後他的畫作，縱然在西式媒材裡，也總有溫暖寬厚的東方元素。

無論他在巴黎住了多少年，他的畫始終很東方，卻又不是那種埋沒於水墨間的制式東方。我很愛他筆下的裸女，說不出的風韻流轉。沒有多餘的勾勒，也沒有衣飾攪局，甚至沒有情色煽動。只在豐腴的女性形體上，看見奇妙的雋永。

他的動物也是一絕。小小的畫布上，簡單幾撇，就將空間的「大」體現了出來。馬或牛或象，不管成雙抑或單獨，在空涼單調的背景裡，卻隱隱透著溫暖與寧靜。這便是常玉的力量；也是他本人從未意識到的力量。

年少時代未曾受苦於金錢的「不食人間煙火」的單純，對常玉的一生來說，是助力，卻也是莫大的阻力。因爲家境寬裕，也因爲得力於兄長的資助，他年僅二十便赴法深造。在一九二〇年代的巴黎，年輕的常玉，才華橫溢，卻過著如花花公子的生活。他出入咖啡館與夜總會，在優渥的環境裡豢養著浪漫。

但人生，豈能只有浪漫？

對於生活的殘酷面，常玉沒有半點抗體。當後來他的兄長過世，家道中落，常玉的經濟頓時陷入窘局。然而他向來活慣了錢不上心的日子，也不善經營甚或推銷自己的作品，所以直至他離世，在巴黎，常玉始終沒有成功的紅起來。

常玉曾說：

「我們的步伐太過時，我們的軀體太脆弱，我們的生命太短暫了！」

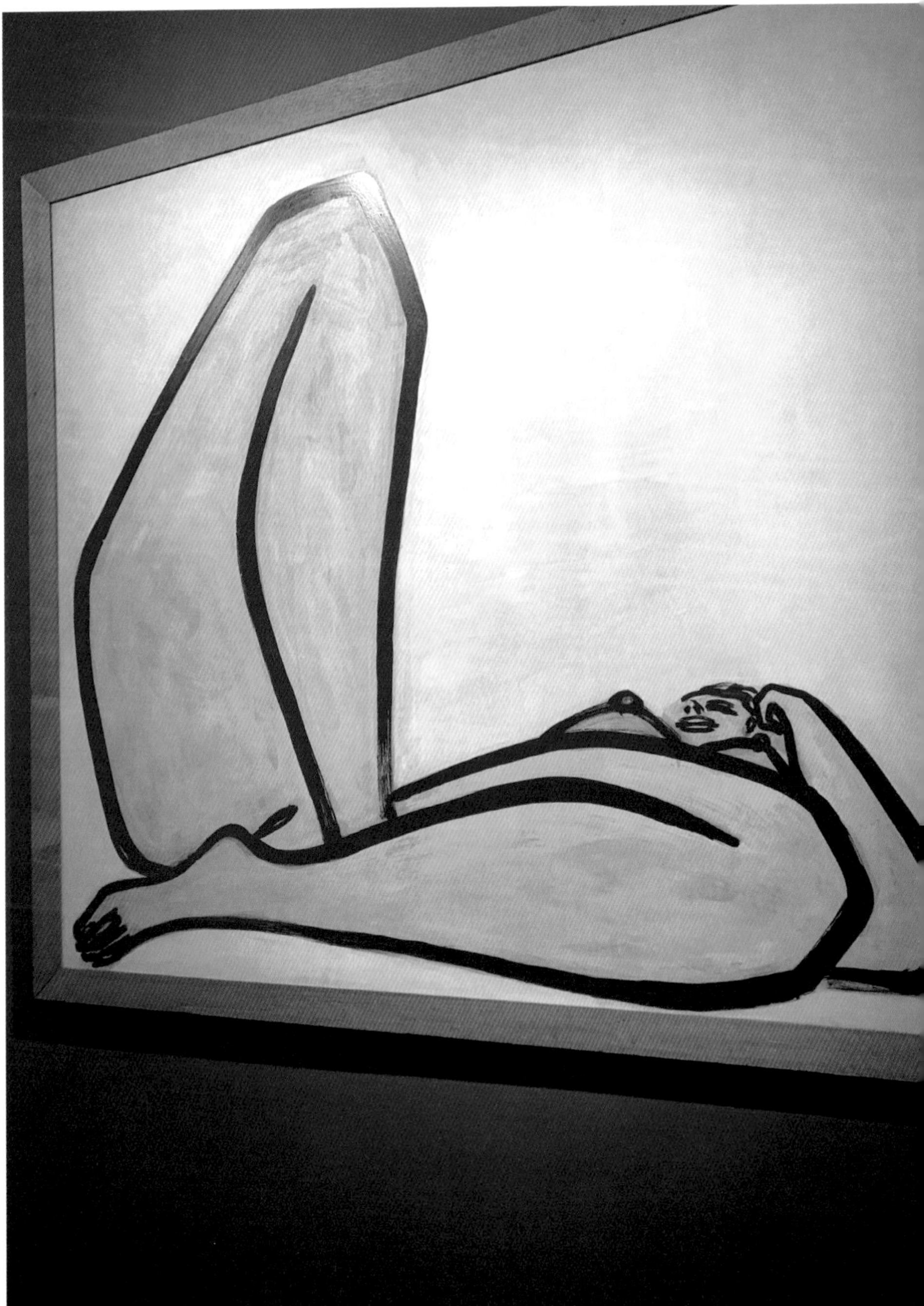

常玉的畫，總在簡單的線條裡，透露出一份對人生溫柔的信念。

女詩人席慕蓉則如此形容常玉：

「一幅好畫，其實也是一個時代的渴望和靈魂。」

二〇一一年，在香港的拍賣會上，常玉的名作〈五裸女〉，以一點二八億元港幣（約合台幣五億元）的天價成交。至今仍是華人油畫作品中，最高價的一幅！

一九六六年辭世的常玉如何想像得到，這半世紀後的場景！人們以破億的天價，定義他的才華，追逐膜拜他的畫筆行過的足跡。

這身後的加冕，大師本人未能趕上的榮華光耀！常玉與梵谷，又是東西方多麼令人悵惘唏噓的巧合？

7. 從王子到混帳，莫迪里亞尼戲劇般的人生

他生就一張美男子的面容，家裡又是猶太的名門望族，這使得日後莫迪里亞尼的人生總被浮華、慾望包圍。當他結束在佛羅倫斯與威尼斯美術學校的繪畫學習後，隻身來到藝術家的夢幻之都巴黎，時年二十二，風流倜儻又多金，順理成章便成了藝術圈的寵兒。人人追捧，稱他為「蒙馬特王子」。

我一直很愛「巴黎畫派」的代表人物莫迪里亞尼 Amedeo Modigliani，他筆下的人像，總是深深觸動我內心最柔軟的部分。都說藝術家的創作是人格特質的投射，莫迪里亞尼的畫，有一份難以言說的靜謐。再細看，便有沉沉悲傷，自畫中人的表情流瀉。

孟子說：「觀其眸子，人焉廋哉？」意指人的眞正心思，藏在眼裡。你看一個人的眼睛，就連最厲害的騙子也無法躲藏。

莫迪里亞尼畫的女人幾乎都沒有眼珠，這是他的特色，據傳是因爲他曾長時期觀

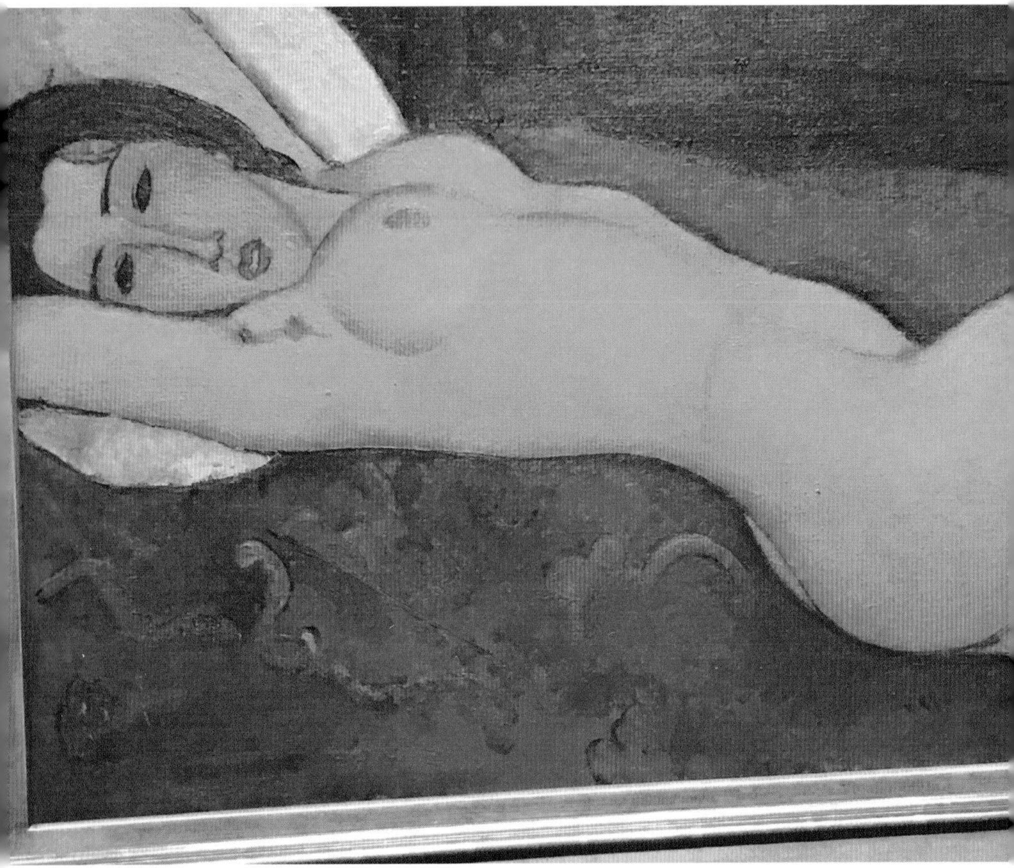

就連沒有眼珠的眸子都能傳達人物情緒，可見作畫之人對筆下靈魂的掌控，有多麼厲害！

察與修習雕刻所致。但就連沒有眼珠的眸子都能傳達人物情緒，可見作畫之人對筆下靈魂的掌控，有多麼厲害！

二〇一五年，莫迪里亞尼的名作〈側臥的裸女〉（Nu Couche），在紐約佳士得拍賣會上，以五五點八億台幣的天價，被中國大陸的富豪買下。據聞，當時現場衆買家爲爭此畫，出價情況如火如荼，最後是中國富豪自上海電話出價，以美金一點七零四零五億成交。這個價格，乃拍賣史上第二名，僅次於同年春天賣出的畢卡索畫作。

從出價到落槌，僅僅九分鐘！

這幅作品，是裸女系列最爲人熟知也引起最多爭議的一幅。其輝煌紀錄甚至包括：首次於巴黎展出時，因尺度過大，引起民衆爭相圍觀，導致被法國警方要求撤展。

畫中女子橫陳於紅色的床榻上，上半身與頭部後方墊靠著天藍色枕頭。雖名爲「側臥」，實則女子算是仰躺。身形姣好，豐滿卻不誇張的酥胸，結實的手臂舒服的伸展著，腹部則平坦光滑，充滿青春的力量。

雖是裸女，莫迪里亞尼一樣沒有畫上眼珠，而是以黑色的眼眶表現半睜半閉的慵懶。女子細眉、挺鼻，唇色豔紅。雙頰泛著濃重的紅暈，表情十分撩人。均衡的體態與健康的膚色，襯映著床單上隱約浮突的金色花紋，更讓女子有一股周身散發性感氛圍之感。

此畫作於一九一七至一九一八年，是以，到我書寫此文的今天，剛好滿一個世紀了！想想看，一百年前的莫迪里亞尼，以他的敏銳與獨特，描摹著那躺在紅與藍之間的美麗胴體時，心裡翻滾的，約莫只有他的才華與情慾吧。那一刻的他；那一刻的床上女模，如何能夠知道，自己正在創造百年後一件價值連城的藝術寶藏！

莫迪里亞尼出生在義大利靠近比薩的一個港城，自小就體弱多病的他，被肋膜炎、結核病、腸傷寒等病症纏身。然而他生就一張美男子的面容，家裡又是猶太的名門望族，這使得日後莫迪里亞尼的人生總被浮華、慾望包圍。當他結束在佛羅倫斯與威尼斯美術學校的繪畫學習後，隻身來到藝術家的夢幻之都巴黎，時年二十二，風流倜儻又多金，順理成章便成了藝術圈的寵兒。人人追捧，稱他為「蒙馬特王子」。

「巴黎畫派」從此多了一位無可取代的巨擘。

堂皇的日子沒過多久，莫迪里亞尼就因頹廢藝術家影響，生命開始往錯誤的方向沉淪。他成了情場浪子，酗酒、染毒，毫不在乎的虛擲光陰。他流連女色，從不認眞看待感情。吸毒之後的種種荒誕行徑，還讓他獲得一個非常不光彩的新稱號——「混帳畫家」。

從「王子」到「混帳」，這麼巨大的跌幅，莫尼里亞尼本人不但不在意，甚至還挺爲自得。

如此荒腔走板的人生，直到他遇上十九歲的藝術學院女學生珍妮，才終於算是塵埃落定。珍妮雖然年輕，但對於愛情，卻是異乎常人的堅定。她甚至爲了愛，放棄學業，與她深愛的莫迪里亞尼私奔。

後人常稱，珍妮·赫布特尼除了是莫迪里亞尼的妻子，更是他的謬思女神。莫迪里亞尼從此只畫她，流傳至今就有二十幅肖像畫，畫中人都是珍妮。其中最爲人津津樂道的，便是那幅〈穿黃毛衣的珍妮〉。

畫家用畫筆，書寫出他珍愛的女性原型。

丈夫筆下的珍妮，永遠溫婉、甜蜜，並且流露對先生的順從。「穿黃毛衣的珍妮」一頭盤起的紅髮，恰與那張她坐著的紅木椅，以及背後的紅色沙發相呼應。畫家以他一貫獨特的畫風：頎長的頸項、白皙的肌膚、細長的鼻梁、鮮紅的嘴唇、橢圓的身體，表現他深愛的妻子。如常的沒有眼珠的眼睛，是溫柔而堅毅的藍。

珍妮是一個在愛中義無反顧的人，儘管丈夫帶給她的不是只有愛的甜美與幸福，儘管生活中隨時充斥著令人措不及防的暴力與憂鬱，她仍然緊緊追隨著自己選擇的另一半，回應以更濃烈的情愛。

然而，他們的婚姻只維持了短短三年。一九二〇年的一月隆冬，既窮困又病弱的三十五歲莫迪里亞尼，因爲肺結核高燒不退，昏迷倒下。束手無策的珍妮陪伴在他身側，直至丈夫撒手離世。

次日清晨，承受不住失去摯愛，傷痛逾恆的珍妮從娘家五樓縱身躍下，追隨丈夫的腳步而去。她的肚子裡，還懷著九個月的身孕。夫妻倆身後，留下一個年僅一歲的女兒。

直至他們離世後三年，時過境遷，珍妮的家人才終於讓步，將她的遺體移葬於莫迪里亞尼的身畔。始終爲悲情籠罩的夫妻，總算甩脫了人世間一切桎梏，幸福團聚。

「莫迪里亞尼，在即將達到光榮的巔峰之際，被死亡所捕捉。
珍妮，將自己的一切獻給伴侶，直至燭滅燈盡。」

兩人的墓碑上，以義大利文書寫的墓誌銘，寥寥數語，卻清楚訴盡兩人在常軌之外，殘喘的人生。對於我這樣一個後世的畫迷來說，每見其作；每一回與珍妮的藍眼眸相遇，我總不禁要想：藝術家短暫的生命，究竟是誰手中的一局棋？如果莫迪里亞尼不是如許才華橫溢、不是引人迷戀的美男子、不是出身名門，他的人生，是否會就此改寫？這世間，是不是就此沒了一位畫界巨星？珍妮是否就能平凡的終老？而不是區區二十一載，便永遠成了美術館中讓後人憑弔的一抹藍色的癡魂？

8. 時尙，艱深又有趣的百年工藝

那長長的伸展台，在美麗的聲光烘托下，就像是夢境的延續。美麗與帥氣、性感與優雅、莊重與活潑、創新與復古，所有看似衝突的元素，一旦來到時裝週的伸展台上，全都能奇妙的互補，甚至融合。

時裝週看秀，也是讓我愛上巴黎的衆多原因之一。

那眞的是一場又一場，光用眼看就能飽足的豐饒饗宴。設計師們爲了每年這時尙界的盛事，無不絞盡腦汁，使出渾身解數。那長長的伸展台，在美麗的聲光烘托下，就像是夢境的延續。美麗與帥氣、性感與優雅、莊重與活潑、創新與復古，所有看似衝突的元素，一旦來到時裝週的伸展台上，全都能奇妙的互補，甚至融合。

也許，這正是時尙的魅力！

全球共有四大著名的時裝週：米蘭、巴黎、紐約、倫敦。其中又以米蘭時裝週與巴黎時裝週名氣最響亮，也最爲人所樂道。我們一般在媒體上看到的追星報導，多半都是圍繞著巴黎與米蘭的時裝週打轉。

講到巴黎時裝週，恐怕很多人不知道，它始於一九一〇年，至今已有一百零八年的歷史了。

想想看：一百零八年！無論是哪一門工藝，一旦傳承百年，都已是足堪翹首尊敬的經典，何況是「時尚」這門艱深又有趣的藝術！一百多年來，人們在穿著、搭配上的演進，是多麼堪於玩味的歷史。時尚背後牽動的，不僅僅只是工藝與經濟，甚至是當代政治、時局。

由法國時裝協會主辦的巴黎時裝週，因為主辦單位廣大的影響力，每到盛會期間，羅浮宮的卡魯塞勒大廳（Carrousel Du Louvre），以及杜樂麗花園（Jardin Des Tuileries）便會開放為官方秀場。不知是不是一種「追尋美便是追尋和平」的職志驅使，即便在二次大戰期間，法國時裝協會也未曾停止過舉辦巴黎時裝週！

只是，烽火畢竟駭人。二戰期間，巴黎時裝週的風采被美國搶去大半，人們抵不過對戰爭的恐懼，選擇趨向遠離硝煙的城市——紐約。所幸戰後，託了克里斯汀．迪奧（Christian Dior）先生的福，巴黎又回復在世人心中時尚龍頭的寶座。

每年舉辦兩次的巴黎時裝週，一次是二、三月舉辦的「秋冬時裝週」，預告當年

很榮幸受 LANVIN 總裁王效蘭女士的邀請，成為 2018 巴黎春夏時裝週的座上賓。

秋冬的時尚流行。另一次則是九、十月舉辦的「春夏時裝週」，引領次年的春夏風向。

此番，我很榮幸受法國名牌〈LANVIN〉總裁王效蘭女士的邀請，成爲二〇一八巴黎春夏時裝週的座上賓。

所謂流行時尚，本來就是走在一個斥候兵的位置：爲全球預測、偵查最新的潮流。每年的時裝週，各國的媒體與買家齊聚一堂。那五光十色，璀璨萬般的伸展台，正是設計師們讓自己被世界看見的最佳媒介。好與壞，毀與譽，就算是數一數二的大名牌，也難逃檢視！

不只設計師，對模特兒來說，在時裝週的每一次亮相，也都跟未來的發展息息相關。初露頭角的嫩模，總以能在時裝週中爲名牌走秀雀躍不已。至於已經高居「超模」地位的當紅名模，必會以天價受邀，擔任時尚大牌的壓軸。比如今年最火紅的美國超模吉吉．哈蒂德，一路從紐約、米蘭，一場復一場的大秀，一直走到巴黎。受歡迎的程度，絲毫不輸富可敵國的巴西超模吉賽兒．邦臣，抑或未被吸毒醜聞打倒的英國超模凱特．摩絲。

人要衣裝，在時尚秀場上眞是十足證實了這句話。當模特兒們魚貫而出，畫面眞眞美不勝收。隨著鎂光燈的不斷閃爍，坐在台下的我們，再一次明白時尚產業所以屹立不搖的眞理。衣服的作用，絕不是只有蔽體而已，它代表了文化的演進，也代表了人與生活環境的相互依需。有時候，設計師會藉由特殊的材質、圖案，表達對地球或時事的關懷；甚或對歷史、藝術的致敬。

正如時裝所呈現的時代特色與當代質感，每一個服裝品牌，也都有最適合擔當走秀大任的模特兒。想想吧，尋常生活裡，同一件衣服，穿在不同的人身上，會有多大的差異？時裝秀更是如此！雖說每個身型修長的模特兒都是萬中選一的衣架子，但不同的氣質，展現出的服裝特色便會不同。如果你是設計師，難道不希望自己設計的衣鞋，由心目中最棒的模特兒來演繹？

好玩不？時裝秀眞正的精采處，實在不勝枚舉啊。

說了這許多，燈光暗了，好戲要登場，專心看秀吧！

9. 時尚與文學都是販售「信仰」

我的高跟鞋根本沒有任何用武之地，站在高大的法國影星身旁，原本就嬌小的我，更顯得像個十足的哈比人，挺滑稽的，所幸笑得還算自然。幫我拍照的朋友大概太緊張了，畫面有些糊，但機會實在太難得，所有的缺點，都是瑕不掩瑜的小事吧！

放眼望去，隔著光潔的伸展台，有一整排數也數不清的相機、攝影機對著我！那些昂貴器材的後面，是各國攝影記者虎視眈眈的臉！

喔，不，不是對著我，是對著與我的座位只有三位之差的國際巨星——尙雷諾！

這是在巴黎二〇一八春夏時裝週的〈LANVIN〉大秀上，我何其榮幸，受了總裁王效蘭女士的邀請，以貴賓身分，被安排在通常只有大明星或名人才能落座的第一排。

猶不止此！當我發現鼎鼎大名的法國影星尙雷諾先生，竟然就坐在我左手邊不遠處，簡直難抑那雀躍的影迷心情。

我所在的這一排，若以王效蘭女士居中算起，她的左手邊是尚雷諾，大明星身邊則坐著他美麗的妻子。王女士的右手邊則是藝人堂娜的美籍先生，然後便是堂娜小姐，再來是我。

熱愛看電影的我，一直以來都很喜歡尚雷諾。從早年名導盧貝松捧紅他與娜塔莉．波曼的那部經典《終極追殺令》開始，這位相貌特殊、身形高大，說話又帶著濃重鼻音的法國演員，便名列我喜歡的演員之一。後來見他的戲路愈發寬廣，原來他不只能傳神詮釋一個孤獨卻深情的殺手，更可以駕馭其他老奸巨滑甚至冷面搞笑的角色，自此更加佩服與喜愛。

所以啦，一個原本只在銀幕上才能見著的大明星，如今竟然近在眼前，我說什麼也不能放棄合照的機會啊！

大明星眞的毫無架子，當我這

與法國影星尚雷諾合影，雖然畫面有些糊，但機會實在太難得，瑕不掩瑜。

東方的無名小卒提出請求，尚雷諾先生立刻微笑說好。

只是，他好高啊！

我的高跟鞋根本沒有任何用武之地，站在高大的法國影星身旁，原本就嬌小的我，更顯得像個十足的哈比人，挺滑稽的，所幸笑得還算自然。幫我拍照的朋友大概太緊張了，畫面有些糊，但機會實在太難得，所有的缺點，都是瑕不掩瑜的小事吧！

那一天，我穿的是秀前早早便準備好的，LANVIN 的洋裝，繫一條金色腰帶，另外搭一件白色披肩。許多年來，一直喜愛 LANVIN 的低調，它總是那麼優雅，卻絲毫不張揚，品牌定位向來明確。

曾在《邂逅》一書中寫過王效蘭女士，寫她在生活裡的優雅、寫她私下對朋友的熱情、也寫她在工作中的收放自如與聰敏決斷。她曾說過自己在職場上的統馭哲學，我總聽得佩服不已。此番巴黎看秀，眼見伸展台上一套套深具浪凡精神，精采又實穿的美衣美鞋輪番上陣，我跟所有的台下觀眾一樣，目不轉睛，設計師甚至將 LANVIN 的字樣，以針織手法放進了布料中。模特兒走動間，浪凡的 Logo 優雅的若隱若現。

頓時想起效蘭說的：

「秀前兩個月才把原本的設計師換掉！實在不行，給了他機會，但完全不知改進！」

陣前換將！尤其是在年度盛事巴黎時裝週前！顯見在法國時尚圈中舉足輕重的這位東方女性總裁，是以多麼驚人的魄力在行事。

最後，在伸展台上展現的亮麗成果，證明了總裁的把關是良心的一把尺。身為名牌，總有死忠的鐵粉，無論祭出多麼弔詭的新品，一定會有人買單。然而，貽笑大方事小，愧對品牌初衷才是真正的損失。

此番，LANVIN 的首席設計師，第一次將品牌 Logo 與布料結合，比如蕾絲鏤空的裙子，在走動間，品牌 Logo 溫柔的若隱若現，便是讓人驚豔的創舉。

創作，本來就不該是閉門造車，何況是時尚產業。好看的流行，應該是為街頭帶來美景，穿得出門的流行。

LANVIN 秀後，我不由得反思了自己的書寫。筆耕多年，也有了小眾讀者的我，是否認真對待每一篇交出的文字？是否在每一回提筆之際，想到那些捧讀我的作品的死忠讀者們？我的書寫，到底有沒有帶給閱讀者喜悅或力量？

時尚、文學，嚴格說起來，都是在販售「信仰」吧！什麼樣的時尚品牌，信仰著怎樣的美麗，便會在該品牌的衣飾中表現出來。同樣的道理，什麼樣的作者，信仰著什麼樣的人生哲理，便會在他的文字中留下線索，讓讀者粉絲賴以追尋，走向同一個方向。

一場好的時尚秀，永遠不會只是一場過目即忘的「秀」。是以，忝爲一個作家，我也應該時時期許自己：一本好的書，也永遠不會只是一場過目即忘的「個人秀」！

在波爾多街頭悠閒散步，時尚是種信仰，在巴黎街頭處處都能感受到。

10. 我在巴黎的「遊園驚夢」

古往今來，在光影、服飾，乃至對白都經過特別設計的舞台上，遊園不只一次驚夢，而我萬萬沒想到，自己竟也在國外上演了一齣「遊園驚夢」！這「園」，是巴黎名聞遐邇的「橘園」，但讓我「驚」的非「夢」，而是悚然的現實！

眾所周知，〈遊園驚夢〉是明代湯顯祖名作《牡丹亭》中的一摺。講的是南宋南安太守十六歲的女兒杜麗娘，與侍女春香至後花園春遊，眼見斷井殘垣，心生傷懷。回到房中後，睡夢中又與書生柳夢梅在後花園相會，訂情而別的故事。

小說家白先勇的《台北人》一書，也有一篇大名鼎鼎的〈遊園驚夢〉，寫盡主角錢將軍夫人一生的榮辱興衰。這精采的短篇小說，曾數度被搬上舞台。

古往今來，在光影、服飾，乃至對白都經過特別設計的舞台上，遊園不只一次驚夢，而我萬萬沒想到，自己竟也在國外上演了一齣「遊園驚夢」！這「園」，是巴黎名聞遐邇的「橘園」，但讓我「驚」的非「夢」，而是悚然的現實！

那一天，我與朋友輕裝便服，要進橘園美術館賞畫去。巴黎一早風和日麗，氣溫雖低，卻是天高氣爽的出遊好日子。我因為對歐洲的治安早有所警惕，尤其近幾年也遇上不少事，被偷被搶都有（行筆至此，回想了一下，發現近兩年的書裡，似乎都記下了不同的驚魂事例，不禁啞然失笑），以致這兩年去巴黎，根本連皮包都不敢背。就只拿一個環保袋，皮夾、手機什麼都擱在裡面。逛街的時候，環保袋緊緊背著，背帶攢在手裡，外表看來也許一派輕鬆，實則心裡戰戰兢兢，如履薄冰！

到了橘園，眼見往正門前院的路排了不短的人龍，我們倆臨時起意，選擇抄近路。那是一處需要拾級而上的兩小段階梯，沒什麼人知道，所以冷清得多。朋友向來很照顧人，自然而然的就幫我提環保袋，連同她自己背的一個小小的皮包，於是我們所有的家當都集中在她身上。

才剛走上樓梯沒多久，迎面就不知從哪兒竄出了六個貌似吉普賽人的老外，說時遲那時快，他們兵分二路，其中兩個擋在我面前，另外四個將我朋友團團圍住！

而且，不由分說地，他們的手就「撲」上來了！

這群匪徒的搶，是極具侵略性的搜、抓，我一個勁兒的大喊：「Don't touch me! Don't touch me!」使盡吃奶的力氣，焦急地閃躲！朋友則是大聲叫嚷了一連串的英文！

橘園相較於其他知名美術館並不算大，但卻收藏了非常多幅印象派的名畫與藝術品，很值得一遊。

真實走入莫內花園，美得令人震撼。

我們兩個弱女子像被送入狼穴的獵物一般，惶恐萬狀，眼看就要被吃掉了！

千鈞一髮之際，突然聽到頭頂一聲暴喝！倉皇間抬頭，只見一對法國中年夫妻正注視著我們。出聲的是先生，他怒目瞪視，以法文非常嚴厲的大吼，成功嚇退了那六個吉普賽人！

脫困之後，我倆哆哆嗦嗦爬上階梯，見到恩人，哪有片刻遲疑，我們不停地用僅會的那兩句法文說：

「謝謝！非常謝謝！非常非常謝謝！」

這才發現，腿是軟的！

腎上腺素一退，才知道，眞是嚇壞了！

橘園美術館（Musee de lOrangerie）位於巴黎杜樂麗花園，之所以名爲「橘園」，是因爲它的前身原本是杜樂麗花園內，用以種植柑橘類作物的溫室。爾後改建爲美術館，便順理成章以「橘園」命名。

我其實很喜歡這樣言簡意賅的連結。很多時候，取名字不是一件適合譁眾取寵的事。太過刻意或太過雕琢的詞彙，反而會讓人難以記得。你瞧，「橘園美術館」讓建築物本身的歷史背景呼之欲出，即便連不諳法文的外國觀光客，也能輕鬆印入腦海。

「橘園」的面積相較於世上其他知名美術館並不算大，一般來說，大概兩個小時左右可以逛完。然而在這個不大的美術館裡，卻收藏了非常多幅印象派的名畫。風格柔美的印象派，對於捉住人們眼球本就是舉手之勞的事。何況「橘園」收藏的盡皆名作，自然更令全球印象派畫迷趨之若鶩。

其中最讓人驚嘆的，應屬莫內的〈睡蓮〉（Les Nympheas），此畫高度兩公尺、長度兩百公尺，既是名副其實的「巨作」，亦是橘園的鎮館之寶。這幅名作被收藏於上層的展廳內，整個展間都是莫內專屬的。只見美麗的睡蓮盡情開展在白色橢圓形的展覽室裡，當你坐在面對畫作前的椅子上，等於被四面的睡蓮、池塘所包圍。靜靜欣賞，時光彷彿靜止在畫作裡。曾經讀過一段文字，時間久遠，出處已忘。文中說：「莫內在生命最後的六年，只畫睡蓮，那是他為自己譜寫的輓歌！」

與其他畫界名人相較，活到八十六歲才辭世的莫內，無疑是相當長壽的。何況他的中、晚年皆過得優渥安逸，也不像其他畫家的窮困、抑鬱。說他是畫界的正面教材，似乎也不為過。

四季睡蓮在巴黎「橘園」安逸盛開。所幸，虛驚一場後，我們人財皆平安。

我不是第一次遊逛「橘園」，卻是在二〇一八年的冬天，因為橘園小徑的驚魂之遇，重寫自己的巴黎旅遊史，又添「驚夢」一筆啊！

莫內的〈睡蓮〉，高度兩公尺、長度兩百公尺，是名副其實的「巨作」。

11. 老佛爺，叱吒了半世紀的傳奇

二〇一九年二月十九日，這樣一則叱吒了半世紀的傳奇，就在巴黎塞納河畔的巴黎美國醫院（American Hospital of Paris），書寫完平靜的終章（享壽八十五歲），成為人們記憶裡可以隨時翻閱、回顧的經典。繁華落盡，所有曾經圍繞著其人的喧囂、紛擾，甚至是流言蜚語，都隨著塵土與清風，安靜的休止了。

卡爾．拉格斐（Karl Lagerfeld），巴黎時尚圈的「老佛爺」。那一頭梳整得一絲不苟的銀絲、優雅古典的挽髻、黑色墨鏡、合身黑西裝、雪白襯衫配襯黑領帶、黑色露指手套的招牌裝扮，從來不只是伸展台上的品牌形象，而是早已深入人心，如圖騰一般的存在。

二〇一九年二月十九日，這樣一則叱吒了半世紀的傳奇，就在巴黎塞納河畔的巴黎美國醫院（American Hospital of Paris），書寫完平靜的終章（享壽八十五歲），成爲人們記憶裡可以隨時翻閱、回顧的經典。

繁華落盡，所有曾經圍繞著其人的喧囂、紛擾，甚至是流言蜚語，都隨著塵土與清風，安靜的休止了。

創意的產業最易吸睛，卻也最爲殘酷。我們不時看到一些設計師樓起樓塌，今天也許才在浪頭上享受媒體追捧，明日一覺醒來，或者就成了人們口中不值一顧的黃花。

這讓我想到卡爾拉格斐在晚年接受專訪時說過的一句名言：

「我就是我，Chanel 就是 Chanel，Fendi 就是 Fendi。」

他感嘆的說，現在的設計師，常常在很短的時間內就取得相當的成就，於是人一紅了，不免俗地志得意滿起來，認爲自己比品牌本身還重要！這是極爲要不得的。

「我相當反對設計師把自己的名字與品牌名稱並列，那就像是特意展示出某種目的。」他說，「我不需要把我的名字跟 Chaneel 或 Fendi 放在一起。如果一個系列很成功，人們自然會知道是誰創作的。但要是成品沒那麼好呢？或許沒人知道是誰做的更好。」

卡爾拉格斐是 Chanel 與 Fendi 兩大名牌的終身簽約設計師，放眼史上，也僅他一人獲此殊遇。兩大名牌都給予他極大的自由，而他也以源源不絕的創意，持續爲時尚界帶來驚喜。業界總有那種初登場便一鳴驚人的設計師，也許處女秀的伸展台上讓觀衆不時發出讚嘆的「哇」，然而隨著時日一久，了無新意的成品愈來愈無法獲取認同，只有設計師本人還兀自帶著過氣的冠冕，自以爲是的在伸展台上顧影自憐。

關於時尚設計師的工作，卡爾還說過一段十分大氣的見解。他說：「我從來不覺得生命充滿挫折。」「我們創造時尚，而它理應要帶給人們快樂。」「誰喜歡聽他人受苦受難的故事！我們並不是要銷售個人的問題，或是生活中遇見的難關。」

他曾經應媒體要求，提及自己一天的作息。其中最爲人樂道的，是「十罐可樂、二十份報紙、七小時睡眠」。

「我一定要睡滿七小時，」卡爾說，如果前一天十二點睡，第二天就七點起來。若是兩點睡，就睡到九點再起床。「我是不會提早醒來的，」他語出驚人地說：「就算品牌會因此分崩離析，我還是要睡滿七小時。」這霸氣的註腳，足見「老佛爺」稱號果然不是浪得的虛名。

關於「睡覺皇帝大」，卡爾甚至體現在穿著上：他堅持著多年固定不變的睡袍款式：一件長及地的白襯衫。想當然爾，那絕不會是普普通通的襯衫，而是「只此一襲」，由巴黎品牌 Hilditch & Key 爲他獨家裁製的睡衣。卡爾曾在受訪時表示，有一次，他在英國 V & A 博物館看到一款十七世紀男性睡衣，很喜歡，於是自己的睡衣便以其獲得的靈感而設計。

我的腦海中，不由得浮現出那宛如西洋電影的一幕：時尚巨擘豪華的宅邸裡，卡爾放下他及肩的白髮，穿著那終年一式的白色長睡衣，抱著那隻名聲毫不遜於主人的愛貓 Choupette，像個孤傲的靈魂，悄無聲息的在他偌大的城堡中來去。

謎樣的名人；謎樣的靈魂。

卡爾曾說，無論家裡房子再大，「我也想要獨自一人」。是以，他的工作室在居處隔壁，辦公室亦然。「有什麼需要，打電話跟隔壁的人聯絡就行了！」他說。

晚年的卡爾不喜應酬。他是出名的工作狂，因爲太享受工作，所以有點排斥將珍貴的夜晚用來社交。他還有句不失幽默的自我解嘲：

「況且，我之前常約出去的人不是去世，就是不存在了！」

他說，自己極討厭「routine」這個字，超討厭爲了某個「重要的」晚餐，而必須時時盯著手錶趕時間換裝赴會。

卡爾極之寵愛他的長毛貓 Choupette，形容牠是「非常精緻的存在」、「一個被寵壞的公主」，只要在家，卡爾花非常多時間陪伴 Choupette，當他外出，也有女僕負責照料「公主」起居。

因爲他的貓太有名，寵貓行徑舉世皆知。因此有很多網友半開玩笑的表示，身而爲人，日日爲生活打拼，卻遠不及一隻毛孩活得尊貴，實在「人不如貓」，情何以堪！

除了寵貓，卡爾的飲食習慣也蔚爲奇談。他說自己從來不喝任何熱飲，不碰茶、不喝咖啡。他熱愛可樂，而且是零卡的 Diet Coke。「從醒來的第一刻到睡前，零卡可樂就是我的全部。」卡爾說，甚至自豪自己可以大剌剌的半夜喝，也完全不必擔心失眠！

他的招牌黑西裝背後，最爲世人津津樂道的便是那「減重」的經典故事。

二〇〇一年，卡爾拉格斐爲了穿得下 Hedi Slimane 設計的男裝，花了整整十三個月，減去四十二公斤的體重，好讓自己穿得下並且適合那「本來是由非常非常苗條的男孩才能演繹」的時尚。卡爾說，那身衣著本不是爲了像他這年紀的男人所設計。然而成功減重之後，他再也沒有辜負那成爲他個人表徵的時尚形象，始終自律、始終沒有復胖。

爲他設計飲食菜單的 Jean Claude Houdret 醫生，也因此聲名大噪，甚至出版暢銷書，書名就叫《卡爾拉格斐的菜單》。

卡爾曾在專訪中答問，他的髮色本不是白色，而是偏灰。因爲不喜歡，所以他將髮色全部染白。工作前，卡爾習慣將頭髮綁好（即他招牌的馬尾髮型）；因爲「不喜歡工作時有髮絲拂到臉上」。

他每日閱讀法國、英國、美國、德國的報紙，直言自己無論如何都只喜歡紙張，不看數位版。他說：

「每天在前往 Chanel 工作室的路上，我看到很多人都低頭看手機，但我喜歡透過車窗看巴黎的景色。」

或許，不爲現代科技迷惑，守護著眞正的經典價值，正是大師所以成爲大師的原因吧。

卡爾辭世後，據聞他的骨灰將與母親及卡爾的已故伴侶雅克德巴榭合撒於一處私密地點。喧囂的一世，終能歸於平淡。鍾愛孤獨的靈魂，終能與摯愛的兩人永遠相伴。想來，他唯一放不下的，是那尊貴的公主 Choupette 吧。

輯二

日本．旅途中回家的幸福

除了台北，
我們竟然能在這世上另一個喜愛的國度，有如此平安靜好的日常。
在旅途中回家，多麼幸福啊。

1. 終於可以「漫遊」日本

所謂「漫」遊，是一種「漫」無目的；是一種散「漫」。沒有預先設定的地點，也沒有趕場的行程。搭上環狀的山手線，我的旅行，隨時都在體驗新的出發。

自從在日本有了一間小房子之後，造訪日本，愈來愈不像旅行，反而更像回家。無論是不是旅遊旺季，管他是櫻花、紅葉還是雪景，我不必再擔心人擠人訂不到旅店，只要一張機票，三小時後，我就置身東瀛。行李也不必大包小包，輕鬆自在簡直無與倫比。

我終於可以實現，一直以來想要「漫遊」日本的心願。

所謂「漫」遊，是一種「漫」無目的；是一種散「漫」。沒有預先設定的地點，也沒有趕場的行程。搭上環狀的山手線，我的旅行，隨時都在體驗新的出發。沿路有那麼多城市可以選擇，每個城市又各有不同的特色。比如中目黑，近幾年在旅人心目中的好感度不斷攀高，也許是因爲日劇與旅遊書的介紹，大家都知道了目黑川，以及

日本的美食，也是吸引我一遊再遊的理由。

能在這世上另一個喜愛的國度，有如此平安靜好的日常，實在幸福。

那在櫻花季時，繽紛盛放的兩岸花林。比如新宿，因為有政府都廳，隨便一個街角，都是一種忙碌的都會氛圍。比如澀谷，年輕人蜂擁如潮，充滿個性的裝扮隨時刺激著視覺，眞眞目不暇給。

山手線即便對路痴如我，也完全沒有迷路的顧慮，感覺對了，就下車。我可以跟女兒或朋友慢慢走，尋幽探秘。累了，找間咖啡館就可以好好歇歇腳，吃點細緻的甜點，喝口咖啡或茶，補充能量。不累，就走遠點，悠哉的發現一個城市的美。

不設目的地，反而有意料之外的驚喜，每個城市都像個探險的舞台，我是那滿懷憧憬的演員，興奮的踏出無劇本演出的每一步。不知道誰會跟我演出對手戲？也不知道將遇見如何的風景？

夜幕低垂，我還有家可以回，而不單單只是過夜的旅館或飯店。

對外子而言，公餘去日本走走，也因為不必再住旅店，變得更容易實現。讓總是放不下事業的他，更有動力出國。現在他很喜歡一早起床，悠閒的在住家附近散步，常常一走就是一、兩個鐘頭。很難想像，除了台北，我們竟然能在這世上另一個喜愛的國度，有如此平安靜好的日常。

在旅途中回家，多麼幸福啊。

2. 一列列移動的人文舞台

身為旅人的時刻，總是特別輕鬆，所以能夠以平和客觀的心境，沒有任何預設立場的眼光，看待周遭那日常的人與事。我看過趕著去約會的年輕女子，香水的氛圍帶著戀愛的憧憬。看過眉心緊蹙的上班族，肩上鎖著疲憊。看過人在哭，也看過人不知因為什麼而嘴角上揚。

「哎呀，慘了！」在人群中好不容易擠上山手線的我，突然發現，同行的女兒還在車廂外！她生性有禮，習慣禮讓，卻不知尖峰時間點，日本的電車乘客是讓不得的，人龍沒完沒了啊！

車門已關。

門裡門外，我們同時情急的比出「下一站見」的手勢，兩人的動作竟然如出一轍：先是往下一站的方向平指，然後再往下，意思是：「下一站下車。」接著朝對方點點頭。下一秒，車就開走了。

時間眞的太趕，連嘴型都來不及做。

非常多年以前的往事了，現在想來，還是忍俊不住。

那個時候，還不是手機普遍的年代，出門在外，沒有可以隨時聯繫旅伴的方式，只能隨時緊跟著彼此。我記得很清楚，本來母女倆的手一直牽得緊緊的，但一來新宿車站人多，蜂擁的人群簡直像是漲潮的海浪一樣；再則娃娃的個性始終有禮又替人著想，我們手牽手走在一起，動輒便會擋到別人，所以只得放開。然而沒料到的是，這一放，幾乎立刻就被人潮沖散了。

因爲是山手線，站與站之間距離短，下一站很快就到了。我先下了車，然後就站在原地等，沒多久下一班山手線抵達，娃娃一踏上月台，母女一「重逢」，兩人便忍不住開始笑，愈笑愈感到放鬆，愈放鬆愈想笑，於是我們就這樣站在異鄉的月台上，笑了好久。

好有冒險的感覺！而且還是名副其實的「有驚無險」！

也正是從那個年代的日本旅行開始，我養成了「在電車上觀察人」的「旅行興趣」。

身爲旅人的時刻，總是特別輕鬆，所以能夠以平和客觀的心境，沒有任何預設立

身為旅人的時刻總是特別輕鬆，可以更用心看待周遭日常的人與事，處處皆風景。

場的眼光，看待周遭那日常的人與事。我看過趕著去約會的年輕女子，香水的氛圍帶著戀愛的憧憬。看過眉心緊蹙的上班族，肩上鎖著疲憊。看過人在哭，也看過人不知因爲什麼而嘴角上揚。在我的想像中，每個人的背後，都有著一則牽絆的故事。也許是一場敗部復活的動人演出，抑或者，是一場正值頂峰的奮鬥！

十幾年前的日本電車上人手一書，曾經讓世界各國的旅人們非常羨慕。而今這樣的畫面雖然銳減，但至少仍然保有一定數量的看書人。而且因爲日本人有包書套的習慣，從外觀上，無法得知看的是什麼書，只看到各式各樣或花俏或素樸的書衣，更添想像趣味。

旅行中的電車，不僅僅是帶著我移動的交通工具而已，更是一處無比迷人的人文舞台啊！

3. 垂瀉著瀑布般花串的百年紫藤

我向來深愛此花，往年總是趁五月去法國旅行之便，在旅途中撿點「順道的驚喜」。若遇到了正當時令的豐美之貌，便貪戀的多駐足凝望、多拍些照片；遇不上，就當成下一次重遊的藉口。與法國紫藤的邂逅，至今有過數回。日本的紫藤，倒是從未遇見。

賞花，最是看緣分。尤其是那種花期短促，隨氣候、看天色，說開就開、說謝就謝的花兒們，每一年露臉的時間並不一定，爲了追逐花顏，有時甚至連事前的勤做功課，可能都未及「來得早不如來得巧」的運氣。本來嘛，大自然所以讓人敬畏，不正是難以捉摸與預測嗎？

去年，關於日本的櫻花，去得晚了，我只趕得上一點點淒美的尾聲。今年心想，早點去，總不至錯過什麼，於是時間剛跨過四月，我已然迫不及待踏上旅途。殊不知，人算還是遠遠不如天算，今年的春天，變臉比翻書還快，前一天氣溫超過攝氏二十度，

足立園內的紫藤不只一種顏色而已。

次日竟然驟降至零度，甚至下起雪來。在如此劇烈的溫差肆虐之下，櫻花經不起折騰，驟開驟謝！我自以爲趕得及、自以爲萬無一失的安排，結果，還是輸給了大自然。

櫻花沒看成，卻是賞到了紫藤，而且是非常美的紫藤。我向來深愛此花，往年總是趁五月去法國旅行之便，在旅途中撿點「順道的驚喜」。若遇到了正當時令的豐美之貌，便貪戀的多駐足凝望、多拍些照片；遇不上，就當成下一次重遊的藉口。與法國紫藤的邂逅，至今有過數回。日本的紫藤，倒是從未遇見。

距離東京只有一個多小時車程的栃木縣，因爲縣境內的「足立花卉公園」而躍身爲旅遊重鎮。我忝爲一個喜愛日本、每年總要赴日旅行數回的旅人，關於足立的紫藤，卻居然從未見識過。四月底這一見，驚爲天人！立刻一掃櫻花飲恨的遺憾。

只見園內的百年紫藤老欉，垂瀉著瀑布般的花串。那不可丈量的長度，密密層層，重疊出了夢一般的現實。日本人本來就擅長造景與維護自然，百年老欉盤根錯節，占地廣褒，園方用棚架支起無可數計的紫藤枝蔓，讓它們得以互不干擾的盡展歡顏。而且足立園內的紫藤不只一種顏色而已！除了最主要的明星「老欉紫藤」，還有雪白的、嬌黃的，驚人的花顏讓世界各地的旅人們驚嘆連連。我站在棚架下，紫雨一般的花串當頭罩下，世界一片陰涼，人聲不再，這世界的喧囂不再，彷若墜入一個虛幻迷離的夢境，包圍我的，除了花，還是花。

百年紫藤老欉垂瀉著瀑布般的花串，密密層層，重疊出了夢一般的現實。

遠道來此，我們不免俗地買了別具風味的紫藤霜淇淋吃。我本來就喜食冰淇淋，旅途中的冰淇淋更是一種沁入心田的療癒。無論在義大利、法國，抑或日本，一支霜淇淋在手，邊走邊品嘗，抑或坐下來，佐著周圍人事風景，再襯以旅人悠哉的心情，冰品香醇的芳甜，從舌尖滑進了心裡，成了一種不怕融化的幸福。

遠處有位並不年輕的女士，吸引了眾人的目光。只見她從頭到腳，將自己徹底打扮成了白雪公主。衣服、鞋襪、濃濃的妝容，遊客們難免竊竊議論著，然而那位女士似乎很享受被大家注目的「特殊待遇」。她絲毫不以爲忤，反而更加抬頭挺胸的走著、佇留著。

我看著這顯然已年過五十的婦人，心想，這位奇特的女士娛人娛己，又有什麼不好？也許，在她的外表下，其實住著一顆純淨的靈魂呢？也許，她正是將自己也當成一朵花，穿梭園中，讓大家評賞呢？換個角度看待，既然「白雪公主」本人是開心的，我們這些旁觀者，就無須以驚詫的眼光看她了。

足立花卉公園的各色花卉，無論數量或種類，都讓人目不暇給。賞著賞著，不知不覺已到了六點多，華燈初上，園內也亮起了專爲欣賞夜間紫藤的照明，又是另一番晶瑩如夢的風景。霎時覺得，美麗的豈止紫藤？而是人與自然之間，互相珍視與回饋的贈與啊！

旅途中的冰淇淋是沁入心田的療癒。

4. 一趟蟄伏人生哲理的旅行

到了火山口。往下瞧，有一汪碧綠如翡翠的湖水，安靜而沉默的在下方靜止著。真是美啊！我忍不住讚嘆。前一分鐘還在擔心友人腳痛狀況的我，瞬間被那魔幻的碧璽色給療癒了。數日以來因為壓力而浮躁的心情，像落地的羽毛般，慢慢安靜了下來。我盯著那一汪碧璽，不知為什麼，尼采的名句躍進了我的腦海：「當你凝視深淵時，深淵也正凝視著你！」

去年十月，爲了陪同久未旅行的朋友出國散心，我罕見的報名參加了旅行團。目的地是日本山形與仙台，我十幾年前曾造訪之地。

也許是習慣了自助式的旅行，對於什麼都被安排得妥妥貼貼的跟團，我要再度適應，得花上比其他團員多得多的功夫。不說別的，光是「早起集合」這樣的團體行動「基本配備」，我就差點吃不消。本來在旅行中睡眠時數就會縮短甚多的我，一有隔日要集合用餐的壓力，就更難睡好睡飽了。表定七點半集合，我大概兩小時前就會醒來，深怕睡過頭，所以再難放心入眠。只好昏昏寐寐、半夢半醒磨蹭到天亮，起床梳洗，等著集合。

好累。

六天五夜的深秋溫泉之旅，全程共要投宿三家旅店，都是百年以上的溫泉旅館。和式的房間，坐臥都在低矮的塌塌米上。我每到一處，就得上演一次浩大的收整行李的工程：開箱、拿出盥洗用品、美妝保養用品、該穿的衣服……等等。偏偏我又老忘，拿了這個可能就漏了那個，於是又得重新蹲下，打開行李箱，把必需品拿出來。一晚上得重複起立、蹲下的動作無數回。簡直是疲於奔命，想到女兒娃娃常問我的：

「媽，妳可不可以不要這麼龜毛啊？」

我就是做不到啊！之前我還曾在書裡寫過，即便只是去一趟兩天的香港行，我都有本事為了那些「一個也不能少」的保養品們，另備一個小型行李箱！短程的香港甚且如此，遑論深秋乾冷的日本呢？既然笨手笨腳是自己怎麼也進步不了的短處，只好甘願承受了。

旅程未及一半，朋友的腳便已不太舒服。有個行程需要下車步行，走一段山路，才能一窺火山口壯麗的景致。朋友勉力走了一會，實在走不了了，索性一屁股坐在路邊，客氣的對我說：

「麗穗，別被我耽誤了。妳跟大家一起去山頂吧，我在這兒等。」

於是我追上其他團員，來到了火山口。往下瞧，有一汪碧綠如翡翠的湖水，安靜而沉默的在下方靜止著。眞是美啊！我忍不住讚嘆。前一分鐘還在擔心友人腳痛狀況的我，瞬間被那魔幻的碧璽色給療癒了。數日以來因爲壓力而浮躁的心情，像落地的羽毛般，慢慢安靜了下來。我盯著那一汪碧璽，不知爲什麼，尼采的名句躍進了我的腦海：「當你凝視深淵時，深淵也正凝視著你！」

世人對此言的解讀，多半影射內心的黑暗面。然而此時此刻，絕景當前，我的聯想反而是好的。那就像是我與自然的對話，旅程中獨處，即便只是短短的十分鐘，也足以看穿迷思，直觸心靈深處。

惦掛著旅伴，我無法放任自己在美景前久留，急急往回走。不得不說，朋友的EQ眞的很高，一路上我不住的想，待會見到面，該怎麼安慰對方才好？如果是我，旅程中遇上身體不適（何況是腳痛），早不知臉色擺哪去了。

結果，遠遠的，我已經看見朋友微笑著對我招手。想來，這善體人意的旅伴，也是深怕影響了我的遊興，給我添麻煩吧！

行程中，銀山溫泉的古意建築看得大家讚嘆連連。朋友腳痛難耐，實在走不出那條美麗的溫泉街，我問導遊，可否借輛當地人的車子，先將朋友送至遊覽車停車處？無奈實在借不到（一方面也因爲銀山溫泉爲維護古蹟與古城質感，溫泉街上一般車輛禁止通行）。正愁著，未想導遊竟然借來了一部輪椅！

我心想：「慘了！」平日總是很堅持禮數、很「矜持」的朋友，怎麼可能願意在衆目睽睽之下坐輪椅呢？想不到，大概眞是被腳疼折騰得受不了了，朋友居然二話不說就坐上了輪椅。

患難見眞情，感謝同團的大夥，後來紛紛幫忙，大家輪流，一人推一段，原本受腳痛之苦而處處窒礙的旅途，不再難行。

此外，仙台車站出乎意料的讓我印象深刻，導遊對我們說：「只有這裡可以買伴手禮喔！」晃了一圈下來，我一口氣買了五盒的紅豆餡和菓子，全是要送人的。試吃了一顆，紅豆好大，甘甜不膩。我還買了溫泉小饅頭，也是五盒，照樣都是要送給親友，自己沒吃半個。著名的柿子卷也買了些。林林總總加起來也有十來盒，我沒力氣，都靠著大家幫我提回了遊覽車上。

俗語那句「禮輕情意重」，在我買了十幾盒伴手禮之後，滿心想改成「禮重情也重」。一趟旅行，淺顯易懂的人生哲理蟄伏其中，人的韌性與修養、對於大小壓力的耐受度，實在都是我該重新學習的功課啊！

5. 流淌著時間巨河的溫泉之鄉

這大廳的「簾蟲籠」屏幕，竹材來自日本大分縣，由三萬根苦竹製作而成。驚人處當然不只於此，每一根苦竹，再被細細割成四十根！亦即，一具「簾蟲籠」，共計耗費了一百二十萬根細竹！金澤的木匠中田秀雄父子，在現場將竹子一根根細心固定，體現了絕無僅有的室內勝景。

銀山溫泉的美麗，很難三言兩語道盡。它最出名的一張照片，應是網路盛傳的冬日雪景。下雪在日本毫不稀奇，奇的是銀山溫泉在皚皚白雪與煤氣路燈的映照襯托下，散發出宛如仙境一般的氛圍。

一座橋，優雅橫亙於川渠之上。兩旁盡是充滿傳統歷史感的溫泉旅館。所謂「歷史」，可不是附庸風雅、隨口胡謅，一棟一棟的建築，在在俱是大正時期的軌跡。遠處是泛著鈷藍色的天空，與披覆點點白霜的山林。說老實話，尚未造訪銀山之前，因爲這樣一張美照，它早已名列我的旅遊口袋名單了。

銀山老街上古意悠悠的樓宇，引人駐足。

能登屋旅館為木造三層建築，大正十年落成，一九九七年已被日本政府列為指定文化財。

「怎能不去身歷其境呢?」我對自己說。

銀山溫泉位於山形縣尾花澤市，它的前身是開採銀礦的礦區，據說早在一四五六年就被發現了。江戶時代的初期，已是日本三大銀山之一。可以想見，當時隨著絡繹不絕的礦工到來，銀山的旅店間間客滿。抱著發財夢的人們，在時光的洪流裡，聚了、又散。其後銀礦產業沒落，人潮退去，銀山榮景不再，從門庭若市變成門可羅雀。過去熱鬧喧嘩的旅店，撐持不住，一家家吹起了熄燈號。

是溫泉，讓銀山重生!

昭和初期，銀山被挖掘出溫泉泉源。這命運的一鋤，重新鑿開了銀山的榮景，而且是不怕被時代淘汰的永續榮景。日本人愛泡溫泉，大家都愛泡溫泉，銀山披上了「溫泉之鄉」的美麗外衣，溫泉旅館紛紛開張。人們慕名而來，在這山城裡放慢腳步、舒展四肢、覓得身心的寧靜。時至今日，銀山早已不只是溫泉鄉，而是溫泉「聖地」。正如那張網傳的照片一般，銀山溫泉之美，像是一處童話仙境，優雅的對著世界各國的旅人招著手。

讀者諸君可知?**NHK** 膾炙人口的連續劇《阿信》，拍攝地正是懷舊風不假外求的銀山溫泉呢!

銀山老街上，溫泉旅館共有十二棟，都是古意悠悠的樓宇。這兩排溫泉旅店，絕大多數都是興建於大正至昭和初期；樓高三、四層，日式傳統木造建築。想像一下（若您還未去過的話）：白雪、溫泉、煙霧蒸騰、煤氣燈、古建物，加之以旅人的身影、被溫泉療癒的笑顏……如許人文風貌，還能怎麼迷人？

其中的「能登屋旅館」，木造三層建築，大正十年落成，一九九七年已被日本政府列為「指定文化財」，堪稱最美的時代印記！日本動畫大師宮崎駿感動無數人心的作品《神隱少女》，片中湯婆婆所經營，讓眾鬼神泡湯休憩的「油屋」，據傳就是以銀山「能登屋」為原型。今年（二〇一八），能登屋已高齡九十八歲了！

櫛比鱗次的溫泉旅館中，還有一棟獨特且名聲昭著的「藤屋」也不可不提。「藤屋」早於江戶時代創業，換句話說，它的年紀遠比「能登屋」還要老；是銀山老街上的大前輩！然而「藤屋」真正聲名大噪，是在二〇〇六年，重新設計裝潢之後。

被請來為「藤屋」改頭換面的建築師，自非泛泛，他是有「和之掌門」美譽的大師隈研吾！

光是「藤屋」的大廳，十幾年來便一再被建築界、旅遊界、藝文界、設計界討論熱議。隈研吾從日式拉門的概念出發，以有「簾蟲籠」（日本古時用來防止蚊蟲入內

由大師隈研吾重新設計裝潢的藤屋。

的細格柵門）之稱的竹製屏幕做出內部空間。

據聞，這大廳的「簾蟲籠」屏幕，竹材來自日本大分縣，由三萬根苦竹製作而成。驚人處當然不只於此，每一根苦竹，再被細細割成四十根！亦即，一具「簾蟲籠」，共計耗費了一百二十萬根細竹！金澤的木匠中田秀雄父子，在現場將竹子一根根細心固定，體現了絕無僅有的室內勝景。

「藤屋」外部，則以有「verdatre」之稱的彩繪玻璃為區隔。玻璃使用的是法國聖戈班（Saint Gobain）公司出產的手工吹製玻璃，再請日本彩繪玻璃家志田政人，以腐蝕技法加工，才做出了獨樹一幟的「藤屋」風格。

這些讓人驚嘆、豔羨，甚至是崇敬的溫泉旅館，靜靜地矗立於銀山老街上，與四季共棲共榮。時間的巨流淌過眼前，它們送往迎來，歷經舊日風華、沒落、改變、重起。動輒近百甚或逾百的高齡，是否已看盡世道，笑對榮辱興衰！

雪夜漫漫，人們慕名而去，搶訂那一室難求的和室房。高額的房價為何嚇不退迢迢而來的旅人？我想，既是求取浪漫，也是對歷史與工藝的致敬吧。

6. 挺起細弱枝椏全力綻放的櫻花

看了多少年，卻沒有一年是相同的。有時去得太早，等不及它綻放，便得整裝回國；有時去得太晚，只剩滿地落英繽紛。花顏是大自然的恩賜，與氣候、溫度息息相關。尤其現今地球氣候變化劇烈，去年的東京，就曾出現不可思議的溫度驟降。前一日明明高溫，次日卻冷到下雪！我要是櫻花我都被搞瘋了！所以你不能跟它講道理，得失之間，俱是運氣。

這世間，若有什麼景致是怎麼也看不膩的，日本的櫻花季，絕對在旅人（甚或當地人）心目中榜上有名。

我常感嘆，人心實在難以恆久取悅。日本櫻花正巧滿足了人們對「美」的高標準：它數量龐大、花形繁多、不一而足。有重瓣的、也有單瓣的；有懸垂而下的、也有依附樹幹蜿蜒而生的。若論顏色，更是淡雅、高貴、奇巧、炫目、瑰麗，要什麼有什麼。大阪造幣局的櫻花種類更多達三百種！人心思變，櫻花就百變給你看；喜歡數大便是美，日本櫻花從來也不會客氣，從兩分、三分、七分、八分，到滿開，磅礴的氣勢總是震懾心神。

更別說櫻花的剛烈性格，在最美時轟然驟逝，不留餘裕。所以你只能一年一年的追訪、尋索，帶著意猶未盡的心。

我也是那千萬旅人中的一個。

看了多少年，卻沒有一年是相同的。有時去得太早，等不及它綻放，便得整裝回國；有時去得太晚，只剩滿地落英繽紛。花顏是大自然的恩賜，與氣候、溫度息息相關。尤其現今地球氣候變化劇烈，去年的東京，就曾出現不可思議的溫度驟降。前一日明明高溫，次日卻冷到下雪！我要是櫻花我都被搞瘋了！所以你不能跟它講道理，得失之間，俱是運氣。

我的書《回家》的封面，選用的便是一張我站在新宿御苑，盛放的櫻花樹前的照片。值得深思的是，前年我在三月二十八去；去年也是三月二十八，卻是連著兩年都沒看到！

二〇一一年，我早在二月底便訂好了櫻花季的機票與住宿，滿心期待屆時要好好賞花。萬萬沒想到，日本發生三一一大地震，那至深至鉅的大災變，重創了日本。多少人失去生命、多少人流離失所、多少人天人永隔！面對那樣的人間悲劇，我實在不

櫻花之美，除了肉眼所見，更多是來自它教會我們的哲理。

忍，實在無法以一個觀光客的心情，去賞櫻。所以我毅然決定取消日本行，心想櫻花年年有，還是別在別人傷痛時，對著美景微笑、甚或對著相機微笑。

後來聽說，那一年的日本櫻花恣意怒放，竟是歷來開得最美的一年！

大地萬物，生生不息。最美麗的，卻在最猙獰的肆虐之下誕生；最堅毅的，反而在最巨大的摧折下存活！二〇一一年的日本櫻花不畏天災鉅創，挺起細弱的枝椏，拚盡全力，綻放、發光，彷彿在向世人宣告：「我們不會被打倒！挫折傷痛之後，我們只會爬起來，並且站得更穩、更直！」

櫻花之美，除了肉眼所見，更多是來自它教會我們的哲理啊！

7. 旅行中的「非旅行」，無可言喻的美好

當幸福無須刻意安排，而是現身在簡簡單單、手到擒來的日常當中時，我總會特別感到那是老天給的紅利。我並不確定自己為了什麼原因得到酬賞，我只知道，如果不珍惜，這樣的幸福終有消失的一日。

誰說旅行不能是輕簡的一種日常？

自從在日本有了一間小小的房子後，到日本旅行，對我而言，便被賦予了全新的意義。因爲有了自己的家，無須再汲汲營營訂旅館飯店，也無須呼朋引伴規畫再三，只要時間、體力允許，可以說走就走，早上還在台北的家，晚上已在日本家中的小客廳吃晚餐，飯後還能在附近散散步、逛逛小街小市，充耳淨是不同的異國語言。

要說這是人生的「美麗境界」，似乎也毫不爲過。

這般輕簡的日常蟄伏於我的旅行之中，反而比舟車勞頓、費心規劃的旅程，更令我珍惜。

難道不是嗎？當幸福無須刻意安排，而是現身在簡簡單單、手到擒來的日常當中時，我總會特別感到那是老天給的紅利。我並不確定自己為了什麼原因得到酬賞，我只知道，如果不珍惜，這樣的幸福終有消失的一日。

有一個小小的家可以隨時落腳，四天三夜的旅行便已然足夠。甚至連第一天的去程班機時間也無須計較，就算下飛機以後只剩下半天不到，我還是可以好整以暇到伊勢丹百貨逛逛，買些日用品，或是給家人朋友添購點什麼。比如冬天，我就在伊勢丹買到羊毛製的護膝，保暖又好穿。找到那樣符合需求的護膝就像挖到寶，我買了好幾副，自己當然要；親朋好友有相關需求的，我也不會忘記。旅行中，我向來不愛受人之託，代買什麼伴手禮或紀念品，那像是一種卸不掉的責任，雖說既無畫押也無簽約，但這樣的託付，總讓好好的旅行變得處處罣礙：買不到，人家覺得你肯定沒認眞找；買到了，行李增加的可不只是實體的重量（你知道的，受人之託，無論是多麼微小的事物，都是壓力）。所以，我喜歡的是沒有任何託付，純粹出自旅行中自然而然的惦念，這類似「準備驚喜」的購物初衷，總在一件小禮物裡得到最美的去處。

帽子也是我的冬夏必需品，冬天一到，走在日本街頭，更是不能少了帽子的保護。某天我驀地想起，這些年來，好像我幾頂鍾愛的帽子都是在日本伊勢丹百貨買的。足見我對它們「愛戴」的程度！

室內拖鞋也在我的採買清單裡。除了我自己與外子的習慣：在室內一定要穿拖鞋，偶爾有親朋來訪，舒適好穿的拖鞋也能帶給賓客歡快的感受。一雙質感好的拖鞋，穿上兩三年不是問題。尤其日本冬天實在寒冷，當雙腳伸進乾淨柔軟的拖鞋裡，足下傳來的溫暖，說不定比一杯熱茶更快俘虜客人的心！

才梭巡了一兩個樓面，想買的日常用品都買到了，伊勢丹的閒逛令人成就感十足。我對同行的朋友紅麗說：「陪我去看看床吧？」

幾年前剛有日本的蝸居時，一方面為了省錢，一方面急於添置家具，於是倉促買下某日系品牌的床組。但這兩年益發覺得該品牌的床，簡潔之美有之，若要論「好睡」，則實在難以令人滿意。講到這個，我又不免要以「專業旅人」的角度囉嗦兩句。多年的旅遊經驗，全球大大小小的旅館飯店，住過的數量已無法計算，可想而知，我睡過的床也不知凡幾，如果套用那句名言，還眞的是：「三折肱而成良醫。」讓人難以成眠的床遇多了，若有幸睡到一張好床，一夜好眠之後，旅行的樂趣便是加倍的。夜復一夜，對於旅人若我，如何挑選一張好床，當然功力大增。

於是，一趟伊勢丹百貨之行，我連床都買好了！

店家說，床組要半個月後才能交貨。我本來正煩惱屆時無法到日本，想不到好友紅麗爽快的說：

「我沒事，到時我跑一趟日本，幫妳收件吧！」

所謂好友啊，不正是你能全心信任，又能在任何時候，給予你幫助的人嗎？

這一天的晚餐，我們沒去尋覓什麼好吃或漂亮的餐廳，而是到百貨公司地下樓，選購了便當、沙拉、牛肉片（熟食）、兩隻明蝦、一些水果，還有第二天的早餐三明治，然後回到小小的家，開開心心邊聊邊吃，享受了一個比住宿五星級酒店還愉悅的夜晚。

旅行中的「非旅行」，無可言喻的美好。

8. 終見聖山的廬山眞面目

每次造訪，幾乎都是見到它蒙著一層面紗。「猶抱琵琶半遮面」，薄霧掩映之間，富士山美得迷離，卻也不乾不脆，這讓遠道而來的旅人，多少感到扼腕與氣惱。如此景況，像不像一位受萬千影迷追捧的明星，千呼萬喚之後，卻冷不防來個「快閃」？鵠候已久的影迷，什麼也沒看到，舞台上竟已人去樓空，但入場費收都收了，更別說那覆水難收的交通費！

日本人心目中的聖山「富士山」，據說有許多外國人不太了解，究竟何奇之有？論巍峨，這世上恐怕有太多贏過它的名山大川；論壯麗，大概也能輕易列舉不少人人耳熟能詳的鬼斧神工。

然而富士山仍然讓日本人衷心崇拜與敬服，曾看過一篇相關報導，說富士之美，美在它的平衡與均勻。細究起來，似乎也難再有一座巔峰，如富士山一般，那樣的左右對稱。即便用最嚴苛的美學標準看待，富士山仍然是一座美山。

明信片上的富士山，藍得耀眼，山頭終年的白雪，白得晶瑩。那如詩如畫的景致，卻不是隨時隨處可以見得。富士山腳下的河口湖畔，一家家標榜著「可以看到富士山喔」的飯店旅館，年年客滿、一室難求。但對旅人而言，眞正要看到聖山的「廬山眞面目」，卻需要好運。就拿我來說吧，以前去，總是當天來回的行程，是以每次造訪，幾乎都是見到它蒙著一層面紗。「猶抱琵琶半遮面」，薄霧掩映之間，富士山美得迷離，卻也不乾不脆，這讓遠道而來的旅人，多少感到扼腕與氣惱。

如此景況，像不像一位受萬千影迷追捧的明星，千呼萬喚之後，卻冷不防來個「快閃」？鵠候已久的影迷，什麼也沒看到，舞台上竟已人去樓空，但入場費收都收了，更別說那覆水難收的交通費！

富士山雖不會人去樓空，但它就是有辦法讓你想見卻見不著，明明就在眼前，卻是「見山不是山」。另一頭，那回程的車班卻不能等你，你只能對著那始終堅持不肯散去的薄霧靄靄，揮揮手，心裡默默立誓：

「我下次再來！」

今年春天，終於重返河口湖，而且不再是匆匆來去的日歸行程。我與先生，還有幾位多年好友，早在一年前就訂下了河口湖畔的「星野飯店」，便是爲了在仍有冬寒

日本人心目中的聖山「富士山」，山頭終年的白雪，白得晶瑩。

大雪紛飛，美麗的星野飯店處處覆上一層雪白。

餘韻的春日，在富士山眼前，住上一晚。

那一日，天氣不太好。我們才剛抵達鎮上，豆大的雨點就開始劈哩啪啦地落下。然後雨下著下著，天就灰了。正當我心想：「到底是跟富士山有多無緣啊？這回看來又見不到了！」的時候，竟然飄起雪來！

細細的雪落在地上，變成水。落在車窗上，也化成水。我與旅伴們想看到富士山全貌的心，也眼睜睜的要泡湯了。

好不容易到了「星野」，check in 以後，我們得各自走一段階梯，才能到房間休息。雪仍然下著，而且已不是細雪，而是大雪紛飛！我們一人舉著一把旅館給的傘，小心翼翼的在雪中拾級而下。天知道，旅伴中有高齡八十的人士，那是絕對摔不得的！我一面擔心著別人的步伐，一面操心著自己的腳步，還得騰出餘裕，煩惱著「明天見不到富士山」這種事。老實說，當下的壓力，簡直破表。

才一會兒的功夫，樹葉上已沾滿了白雪。放眼望去，就像開滿了一叢叢的白花，我帶著忐忑的心，與先生進了我們的房間。

很有意思的是，房間裡有個袋子，袋中竟然裝著頭燈。想來是爲了讓客人們入夜後往返餐廳與客房之間，能夠有安全的照明。（「星野旅館」的硬體設備自然無需贅言，我們住的客房內，就有可以泡湯的溫泉池。）晚膳設在旅館的餐廳，只見住客們打著綠色的傘、戴著頭燈，從山林間各個高低錯落的客房門口現身，然後大家再次小心翼翼的沿著階梯，循路到餐廳享用美食。

那一晚的氛圍極好，我們八個人，共享了一瓶紅酒。

第二天一早，我根本還在昏寐中，突然聽到先生「哇！」的大叫一聲，接著一迭連聲的喊我：「麗穗！麗穗！」

聲音之急切，我瞬間醒了個透。只見先生站在窗前，興奮得像個小孩兒。

從溫暖的被榻中起身，走到窗前的我，透過已然被拉開半截的窗簾往外瞧，立刻被眼前夢一般的美景震懾了！

藍得不能再藍的天、白得不能再白的山頂、翠藍翠藍的山、澄藍的湖水……

最意想不到的一刻，就在那大雪紛飛，以致所有夢想都貌似必須放棄的次日，我們竟然，見到了最無遮掩、最無保留、最美得不可思議的富士山！

見山又是山。旅行所教育我的，是多麼讓人動容。

終於見到了最無遮掩、最無保留、最美得不可思議的富士山。

DALI
MUCHA
exhibition
WARHOL
RESTAURANT CAFE U TYNA

輯三

多瑙河．波瀾不興的悠哉之旅

河輪與行於大海的郵輪不同，走的既是河道，它便註定是一趟波瀾不興的旅程。
和緩悠哉，於是為心情空出了餘暇，
這對所有旅人來說，是多麼難求的福氣？

1. 旅行中見證的生命態度

那份豁達、開朗的人生觀照，竟只隱身於方寸之間。更有意思的是，詩句是中國古代名家之作，景卻是現代歐洲。一中一西，借古喻今，多美的奏鳴曲！

二〇一七年秋，我與好友紅麗、Lisa，搭上了多瑙河的河輪。這是我繼三年前的隆河行後，第二度的河輪之旅。

本來，河輪便與行於大海的郵輪不同，走的既是河道，它便註定是一趟波瀾不興的旅程。加之以有了前一回的經驗，我的旅途更少了初試啼聲的興奮，多了和緩悠哉的舒適。

和緩悠哉，於是為心情空出了餘暇，這對所有旅人來說，是多麼難求的福氣？應該沒有人想成天趕路吧？囫圇吞下的風景，到頭來記住了什麼？一沙一世界，一花一天堂，然而若匆匆行過，連大山大水都難以入眼，何況是細微處的景致？

所以，多瑙河河輪之旅中，即便只是走在歐洲小鄉鎮的街市上，看到路面水窪映

帶給我由衷平靜的歐洲小鎮。

照的天空倒影，都能帶給我一份由衷的平靜。旅途中，我本就特別喜愛拍下靜止的水，因爲那就像一方「定格的時間」。尤其歐洲各小鎭，小而寧靜，與世無爭，恐攻的陰影也未曾籠罩。小小的水窪如鏡，我看著看著，想起朱熹那首〈觀書有感〉：

「半畝方塘一鑑開，天光雲影共徘徊，問渠哪得清如許？爲有源頭活水來。」

不覺得以此詩配襯此景，再合適不過嗎？那份豁達、開朗的人生觀照，竟只隱身於方寸之間。更有意思的是，詩句是中國古代名家之作，景卻是現代歐洲。一中一西，借古喻今，多美的奏鳴曲！

又或者，行經一處賣花的小攤，我眼見那既美麗又可愛的花朵，各種顏色、各種姿態，欣欣向榮的展現著它們的生命力，實在很難不怦然心動。

本來打算買一盆帶回船上，心想反正航程還有一週以上，有花端置於房中，日日見了，心情想必美麗愉悅。無奈大家團體行動，我又手不能提肩不能擔，若眞買了花，怕仍得麻煩好友紅麗幫我一路拿著，未免太過。思前想後，還是放棄了。

莞爾一笑，轉念思及：有時，旅程中的放下，未嘗不是一種擁有。

歐洲人的身形在西方人中，向來不算高大，尤其年輕時，更是多半精瘦結實。所以相較於壯碩豐腴的美國人，歐洲人士在衣著上，較容易表現優雅或細緻的感覺。比如巴黎，或者米蘭，時尚之都眞非浪得虛名，街頭處處是美好的裝扮與時尚妝容。不過，如此的時尚風景，到了河輪行經之地，便漸漸銷聲匿跡。也許畢竟是純樸的小鎭，居民的穿著也與樸實民情相關，顯得簡樸許多。每當我們的船泊岸靠港，大家踏上歐洲小鎭的陸地，眼前所見，多半都是實用導向的衣著，尤以牛仔褲爲常態。歐洲人身形修長，隨便套一條牛仔褲都好看。我個子太小，若眞照著他們的穿著方式，恐怕不是醜而已，根本淹沒在人海中吧。因爲向來了解自己，想被看見，我就不能本分務實。所以太過簡樸的歐式鄉鎭衣著，實在難以吸引我。

失之東隅，收之桑榆。歐洲小鎭雖少了美衣美鞋的「誘惑」，反而更能將旅遊心情專注於風景人情。

捷克、德國、奧地利、匈牙利。我們搭乘河輪，隨著藍色多瑙河，行經這四個國家。旅行社的文宣開頭，如是寫著：

「沒有舟車勞頓，無須起早趕晚，不用每天打包行李，更沒有大海茫茫漂泊之感。」

很吸引人，對吧？但這些並不是廣告詞。等你眞正成爲這旅程中的一員，就會知道，關於其中悠閒，文宣只是實話實說而已。難怪近些年，河輪旅行已蔚然成風，愈來愈多西方熟年男女，愛上這樣毫無壓力的歐遊方式，平平穩穩、不疾不徐的，深入

來自保加利亞，總帶著開朗的笑容的服務人員們。

歐洲各大城小鎮。

萊茵河與多瑙河，河道網路共有三千英里長。不說不知，這樣展拓綿延的河上網絡，竟然可以帶著船隻，遊歷超過十二個歐洲國家！

河輪上寸土寸金，麻雀雖小，五臟俱全。服務人員有些來自保加利亞，他們總帶著開朗的笑容，持續無微不至的服務品質。只是，他們的工作時間很長，日日從清晨忙到深夜，每工作四個月到半年，才能上岸輪休四週。可以想見，繁重的工作量與講究品質的服務精神，讓這些工作人員明顯疲累，幾乎每個人臉色都不太好。有時在船上錯身而過，或在他們欠身彎腰替我們認真服務的當下，見著他們微笑的眼睛周圍，圈著黯沉的負荷，總覺不忍。

搭乘河輪，隨著藍色多瑙河進行一趟悠哉之旅。

登船當天，還有一件讓人忍俊不住的小插曲：晚餐前，有個歡迎會。當船長宣布：「讓我們歡迎來自台灣的三位女士，加入此次航程。」眾旅客與工作人員熱烈拍手，引頸鵠候難得的三位台灣人……結果，就像沒料到自己會得獎的得獎人沒參加頒獎典禮一樣，我們三個「主角」，竟然都在房內休息，沒一個在現場！

朋友紅麗不像我，年輕時留日的她，酒量好，英文又流利，很快就與工作人員打成一片。有她在，場面永遠熱鬧溫暖。如此旅伴，共搭河輪眞是再好不過的選擇。尤其船上提供各式各樣的紅酒白酒，隨便你喝。給的酒都是當地特產，船開到哪，就有那裡的酒可品賞。美酒美景與友情，互相加持之下，大家平日略顯拘謹嚴肅的個性，也慢慢鬆開了轉緊的發條。

藉著幾分微醺，我笑著調侃頻頻被服務生往杯裡加酒的紅麗：

「欸，妳男朋友又來倒酒啦！」本來正經的紅麗忍不住爽朗一笑，氣氛眞是輕鬆極了。

已經與我有多次互為旅伴經驗的紅麗，在這一次的河輪之旅中，完全展現了照顧旅伴的精神。因爲我提不動東西，她便常常爲我代勞，又時時牽著我，好似深怕我走丟。我實在覺得好笑，忍不住問她：

「妳這樣牽著我的手，好像當我是小孩似的。」

「妳本來就是小孩呀！」好友答得一秒都沒遲疑。

另一位同行好友Lisa，從前任職知名女性時尚雜誌，看的東西多，涵養非常豐富，跟她聊天超有共鳴。一路上，我們無論講到什麼，都可以激出燦燦火花：藝術、文學、歷史、人文，像兩個實力相當的選手，在網球場或乒乓桌上，一來一往，從無漏接的冷場，實在精采無比。她也是我至爲珍惜、不可多得的好旅伴。

兩友良友，我何其幸運！

旅行，在對的人身上，可以見出友情眞章。旅行，在對的人身上，也可以是愛情最好的催化劑。

同航程的一對老夫妻，先生是中國人，太太則是西方臉孔。兩人十分恩愛，如膠似漆，動不動就吻來吻去，或者分食餐點。胖胖的妻子身形豐腴，胸前宏偉。即使上了年紀，皮膚仍維持難得的白嫩，每一天，她的妝容都是完完整整，唇膏、睫毛，無一處馬虎。老來尚且如此，可以想見年輕時，必定是個讓人想多看兩眼的，蜜桃般

有契合的旅伴同行，旅程總是充滿歡笑。

的女性。但眞正讓人羨慕的，是夫妻倆掩藏不住的感情。七十幾歲的兩人，毫不在意展現對彼此的親愛。看在我們其他旅客的眼裡，不知是不是因爲老夫妻落落大方的態度，只讓人覺得溫暖幸福。在那樣的年紀，經歷過人生種種磨合之後，還能夠是彼此的旅伴，而且不爭執、不吵架，只有親暱與珍惜，怎能不令人豔羨！

另有一位老太太，也是西方人，自啓航第一天我便注意到她。年紀已然很大的這位女士，瘦伶伶的，行動不便，到哪都使用著助行器。當船靠港，通常至少有幾個鐘頭讓旅客下去各小鎭走走。每每我們下船遊覽，總難免對幾處相似的風景意興闌珊。但老太太不同，只見她雙手握持著助行器的兩端扶把，走這逛那。滿是皺紋的臉，簡直寫著「老娘啥也不怕！」絲毫不見遲疑或畏懼，腳下速度甚至比我們還快。旅程中，她的身影無數次緊緊攫住我的目光。我實在忍不住，所以盡可能在不妨害隱私的前提下，用手機留住她那堅毅的背影。

好天氣，她當仁不讓，毅然決然的靠自己的力量，踏上每一處景點。下雨，她無法撐傘，便穿著雨衣，照樣到處去。

本來不免替她擔心，以爲老太太怎麼竟獨自旅行？後來才知有女兒一起。不過，顯然母親對旅行的參與，遠遠勝於可能才中年的女兒。想來，如此深具生命力的母親，說不定女兒還跟不上她的腳步呢！

由此更深信，一個人的生命態度完全與年齡無關，甚或連肢體的不便也無法阻擋。我總有幸在旅程中，見識各種膚色、性別、年紀、職業的旅人們，用自己堅持的方式，向生命、向「活著」致敬。

老太太堅毅的身影無數次緊緊攫住我的目光。

2. 瓊漿玉液催化了旅程中的感動與滿足

旅行中的喝酒機會，大抵就是好友們遊興方酣時，吃美食，順帶品嘗美好的友情。這種時候，大家聊得開心，血液裡流動的是最單純的，無涉任何利益的快樂，加上身在國外，沒有綁手綁腳的人情世故。種種元素相加，自然就需要適度的酒精，催化那份感動與滿足。

人的記憶，有時不爲影像，而是被味覺帶著走。布拉格留給我最深刻的回憶，便是一杯啤酒。

十年前，我到過布拉格，若以整體感覺相較，彼時的她，因爲純樸，反而更具迷人情調。如今，人潮處處，耳際總是充塞著喧擾的聲音，難得一刻清靜。於是旅次中柔軟的心情，漸漸加上了堅硬的外殼，以示抗衡。

眾所周知我幾乎是個沒有半點酒量的人，這幾年因爲旅行，多少練了點「酒膽」：有時因爲盛情難卻，比如行程剛好是南法酒莊，品酒本就是該做必做的事項，獨我一人閒置，不但奇怪，好像也不太禮貌。所以我會跟著淺嘗，也所幸只是淺嘗，那一點點連「啜飲」都談不上的量，還不至於讓我露出窘態。

好玩的是，我雖然酒量超差，卻不知爲何有個能分辨好酒與否的舌頭。每每在喝酒的場合，我只消淺酌一口，立時就能說出這酒好不好。懂酒也很能喝的朋友們，總對我這「天賦異稟」，感到不可思議與嘆服。

也許得利於我長年不嗜辛辣，愛吃鮮美的當令食材，所以無意間維持了靈敏的味覺罷。

除此，旅行中的喝酒機會，大抵就是好友們遊興方酣時，吃美食，順帶品嘗美好的友情。這種時候，大家聊得開心，血液裡流動的是最單純的，無涉任何利益的快樂，加上身在國外，沒有綁手綁腳的人情世故。種種元素相加，自然就需要適度的酒精，催化那份感動與滿足。

不，我不該說「酒精」，應該說是「瓊漿玉液」。

布拉格的水質好，久有所聞，所以此番搭河輪來到布拉格，兩個朋友早就躍躍欲試。她們各自點了一杯啤酒，各自分我一點，於是我少說也獲得了小半杯的量。

不知是不是託了分享的福，當我舉起杯子，喝了一口杯中那金黃色的液體，眞的就像朋友讚嘆的：「好好喝啊！」

順口、豐盈，好的水質果然是釀製好啤酒的第一要素。陽光正好，十一月的布拉格吹送著甜美的風。當下的氛圍，老實說，我得對《寂寞拍賣師》裡那爲情所困，傾散一切，仍在布拉格「日日夜夜」咖啡館癡心等待愛人的傑佛瑞說聲抱歉！

因爲：太幸福啦！我這個旅人兼過客，絲毫感受不到電影中那曾讓我揪著心看完的最後一幕。被愛人騙走一切的傑佛瑞坐在咖啡館裡，緊緊盯著門口，重傷未癒又仍堅持抱著期待的孤寂眼神，那無望的未來。

此刻在布拉格的陽光下，世間一切是如此美好，沒有醜惡的欺瞞、沒有薰心的利慾。黑暗隱沒，陽光燦燦，我眼前是兩位相交多年的好友，最好的旅伴，與我在異鄉分享著美味甘醇的佳釀。

也許是我們三個東方女子那歡快的友情熱力，無意間傳遞了出去，感染了其他遊客吧？隔壁桌一位西方太太，貌似歐洲人。她笑意盈盈的靠過來，問：

「要我幫妳們拍張合照嗎？」

乍聞此言，第一時間，我的腦海閃現的是歐洲早已讓我嚇壞的治安。就在我正猶豫著她會不會拿了東西就跑時，朋友已經將相機遞了出去。

當然，結果她眞的只是旅客，不是什麼有著接應搭檔的壞人（請原諒我之前那一

適度的酒精，催化了旅途中的感動與滿足。

瞬的以小人之心度君子之腹，畢竟恐怖的巴黎失竊記才過去未久，心頭縈繞的景象依然清晰），我們開開心心的被拍下笑舉啤酒杯的合影，安安穩穩的接過那西方女士遞回的相機，旅途又添一筆美麗回憶。

事後想想，不禁啞然失笑，前一刻的我，因爲友情的加持，不是才剛說著同情《寂寞拍賣師》的話？下一分鐘，不過是好心人一個再平常不過的提議，我對人的基本信賴卻立刻遭到考驗！看來，人性的迷離繁複，就像洋蔥，甘甜與辛辣往往是並存的啊。

3. 我眼中那不太投緣的維也納

想像中的圓舞曲場景，是懸著輝煌的水晶大吊燈，擦得淨亮的地面，轉過一雙又一雙的金縷鞋。一件又一件的蓬蓬長舞裙，風拂水面般的，掠過舞池地板。衣香鬢影，轉出一圈圈的浮華人生。

講起多瑙河河輪所經之地，最不受我喜愛的城市，恐怕要跌破許多讀者眼鏡。維也納。

除了音樂，個人以爲，維也納眞的挺無趣的。也許我音樂素養不夠；也許我對「宮廷」「古典」「堂皇」「華麗」這些元素，本就沒有太多的共鳴，比如以Sisi皇后爲主題的博物館。所以維也納對我而言，沒有什麼非去不可的理由。在情感上，這個名字如雷貫耳的音樂聖城，恕我實在無法產生連結。（不過，音樂家墓園倒是值得一觀，貝多芬、莫札特、舒伯特……設計得藝術感十足。）

而我對維也納在音樂上的認知，光是所謂圓舞曲，便占去了大半。想像中的圓舞

維也納對我來說就只是如雷貫耳的音樂聖城。

曲場景，是懸著輝煌的水晶大吊燈，擦得淨亮的地面，轉過一雙又一雙的金縷鞋。一件又一件的蓬蓬長舞裙，風拂水面般的，掠過舞池地板。衣香鬢影，轉出一圈圈的浮華人生。

實際的情況是，當我們來到一處表演場地，那廳室比想像要小巧得多，也沒有轉不完的大圓裙。有幾個人在跳，所幸有一定水準。一張票十五歐元，可以聆賞小提琴、中提琴、大提琴、鋼琴的美妙重奏。果真是一曲接一曲的圓舞曲，要是喜愛舒伯特的樂迷，肯定是視聽上的極大享受。對我則是，「點到為止」就好。

不過，在下對於圓舞曲的淺薄知識竟然堪用。散場時，我們走出長廊，我不知不覺跟著哼起〈維也納森林的故事〉，那些耳熟能詳的旋律，我亦步亦趨的哼著，全都對了，這讓我的朋友們很是驚訝與佩服。

至於我通常視為旅程必須養分的咖啡廳休憩時光，在維也納，老實說，即便是那間最出名的「莫內」咖啡館，也遠不及我們台灣或日本的水平。我循例點了個栗子蒙布朗，一吃，難掩失望。

足見很多事物，不是有名就好。名氣，常常是盲目的產物。

近數年來，台灣在烘焙方面的驚人成績是舉世有目共睹的。我們有曾拿下世界冠

軍的麵包師傅吳寶春，更別說在龐雜的蛋糕、甜點領域，愈來愈多的高手投入。隨便在街頭走走，你會發現，各式各樣漂亮的糕點店這裡一間、那兒一家。百貨公司地下街，令人垂涎的美麗糕點，在玻璃櫃裡傲人展示。最讓人驚喜的是，我們的烘焙業發展到今天，早已經進展到「表裡如一」的境界。看著有多美，吃起來便有多細緻。

他山之石，可以攻錯。旅行，讓我踏出象牙塔，見識這個世界，因此明白人外有人、天外有天的道理。但反過來說，旅行也讓我反思「國外的月亮是不是眞的比較圓？」這件事。旅遊書上說得再怎麼天花亂墜，終究是作者一己的觀點（甚或只是編輯群彙整的資料），無論如何比不上旅人自己走一遭。

如同我的書寫，也是在記錄我所見所思；記錄旅行給予我的教育與養分。我忠誠於自己的心與眼，然後藉由文字與照片，分享旅次中的感動。只要有一個人，因爲我的書，燃起了探索世界的興致，走出房間、踏出家門，去遇見世界，用自己的眼與心去定義屬於自己的旅行，這就夠了。

Sperry Marine
PONANT
PONANT
PONANT

輯四

北極・親炙地球絕景之旅

南極之旅像是一個測試：測試自己的體能狀態、測試極地氣候會不會澆熄我的旅人魂？
測試親炙地球絕景的心情，能不能負擔那份「看見之後的失去」？
沒想到，去過南極，我竟還想再去北極。

1. 想念，那淨極也靜極的極地絕景

一件你無論如何想做的事，便有千百個非做不可的理由說服自己。那般的極致生態景觀，哪裡是只造訪一次就能滿足的呢？我曾親眼看到的極地花草植披；那些打盹、翻滾的海獅；那曾讓我在被托高舉起又倏然放落的當下樂不可支的海浪；那淨極也靜極的極地絕景，我怎能甘於「只」去一次！

二〇一九的八月，我首次踏上了造訪北極的旅程。

上一次的南極行，搭乘的是法籍郵輪「南方號」（與此次北極行是同一艘），同行的是幾位多年來的好旅伴。那美麗驚奇的旅程，我寫進了《邂逅》一書。無數個夜晚，我伏身燈下，試著讓冰洋上的海浪伴隨著南極的風，或緩或急的盪進紙頁間。

沒去過之前，南極之旅像是一個測試：測試自己的體能狀態、測試極地氣候會不會澆熄我的旅人魂？測試親炙地球絕景的心情，能不能負擔那份「看見之後的失去」？

我一度以爲，那樣的經歷在化爲文字且付梓成書之後，便能夠安穩甘願的待在我的回憶中，想念的時候，拿起自己的書翻翻即可。

卻沒想到，去過南極，我還想再去北極。

家人、朋友，甚或是上回的旅伴，沒人不是覺得「去過即可」。更何況我早已不是年輕人，旅途中不可預料的身體狀況，怎麼說都讓親友懸心掛念。

然而，一件你無論如何想做的事，便有千百個非做不可的理由說服自己。那般的極致生態景觀，哪裡是只造訪一次就能滿足的呢？我曾親眼看到的極地花草植披；那些打盹、翻滾的海獅；那曾讓我在被托高舉起又倏然放落的當下樂不可支的海浪；那淨極也靜極的極地絕景，我怎能甘於「只」去一次！

沒有太多的猶豫，我再次報名參加了「二〇一九北極極致生態景觀——西北格陵蘭、巴芬灣秘境」的旅程。

本來一心以爲得獨自出門的我，竟有善良貼心的小輩許慧民自告奮勇，她說我出這趟遠門沒人陪實在不行，既然其他小輩或朋友都沒時間，小慧燦然一笑，豪氣的對我說：

「我陪您！」

這淨極也靜極的極地絕景，我怎能甘於「只」去一次！

小慧無微不至的照顧我，既細心又大方，堪稱最暖心的好旅伴。

這一笑一承諾，讓小慧吃足了苦頭。整趟旅程，她活脫脫像上了「賊船」。貼了暈船貼片，吃了暈船藥，一點用也沒有。只要一登船，船一開，可憐的小慧就只能默默忍受暈船的不適，哪裡都去不了，面對法籍郵輪上最棒的美食，她也沒有半點胃口。每每見著她那模樣，我心裡實在過意不去。早知她暈船如此嚴重，絕不能讓她出門找這樣的罪受啊！

下了船，一接觸陸地，小慧的種種難受又立刻不藥而癒。

從出門到回家，二十一天的旅行，小慧幾乎全程在照顧我。無論是下船前幫忙我穿上厚重夾克與救生衣，抑或是二話不說，把自己僅有的一套從臉遮到頸部、胸前的防晒裝備讓給我穿戴；甚至在自己暈船的狀態下，仍然無微不至的留心著我的飲食，她眞的是盡責得沒話說，既細心又大方，堪稱最暖心的好旅伴。

我們此趟參加的「南冠號十八日」，因爲時値夏末，儘管隨船的生物學家一再警告大家，北極熊其實很凶殘，極其危險，但我們有幸見到的北極熊，卻都只是「遠處的白點」。區區在下，能用來拍照的工具只有手機，不像其他專精攝影的團員，連俗稱「大砲」的專業長鏡頭都有備而去。所以，我更是什麼也看不到。

透過解析度極高的鏡頭，他們認眞的算了算，「總共有十一隻北極熊！」

我在心裡默默替這十一隻北極熊禱告，願牠們能安然度過氣候急遽變遷與缺糧的危機，願牠們沒有任何一隻成爲在國際間廣爲流傳、令人心碎的照片裡，那瘦骨嶙峋、皮毛塌陷，看似奄奄一息的病獸。

2. 知足惜福的因紐特人

島上陸地，多半是下坡比上坡難行。我們清一色必須穿著「南冠號」統一發給的靴子，我的個子小腳也小，那個靴子無論如何就是太大，我的腳吃不住，毫無抓地力。何況地面上滿布的，是極地的雪水帶來的石頭，它們經過長時間一路磨蝕，顆顆大小不一，顆顆都很尖銳！不難想像，這樣的石頭路面有多麼難走，鞋子一接觸石頭，很容易就往旁邊滑！我可禁不起跌倒啊！

旅行是不斷的看見與遇見。

看見平時絕對看不見的景致，遇見若非旅行便沒有機會遇見的奇人軼事。

同團中有對陳姓夫妻，最大的興趣是行遍天下、嘗盡奇饈珍食。他倆津津有味的說，在台灣，吃過最特別的食物是「豬眼睛」！而此行，陳先生陳太太最希望嘗到的，居然是海豹肉！為了讓他們一圓夢想，領隊藍先生到處問、到處打聽，最後終於問到了，要來一小塊生的海豹肉。夫妻倆嘗到之後，剩下的海豹肉，就依照當地習慣扔進海中。

滋味究竟如何，只有陳先生陳太太知道吧。

旅行的樂趣，眞眞是如人飲水、冷暖自知啊！

也許是仗著曾有一次格陵蘭之旅經驗的關係，此番對於登岸的行程，我並不是照單全收的。

其中一回，我本來已隨著大夥乘著衝鋒艇，靠近了岸邊，但我臨陣打了退堂鼓，心想這個島沒什麼看頭，不如回郵輪上休息。於是決定放棄上岸，留在小艇上，待旅客都登陸了，便掉頭重返郵輪。

我們才剛回到郵輪上，耳邊倏然響起兩聲尖銳的警報聲，當下我竟以爲是不是出現了奇特的水怪之類？怎麼遠遠看到海上有什麼一直在打圈圈，而且還激起好大的水波！後來才聽人急嚷：「有人落海了！」

落海者是身著鮮黃色救生衣的隨船生物學家。此行共有兩百位一般旅客、十二位生物學家，我們穿的是紅色救生衣，生物學家們的救生衣則是鮮黃色，就是爲了在一片極地荒原中，能夠一眼認出、便於區分。

千鈞一髮之際，一艘載了遊客正要往郵輪回駛的衝鋒艇，靠近救人！那是多麼危險的任務：不但要抓緊時間，又得小心避開仍在打轉的空艇，就怕也被衝撞！他們拋

乘著衝鋒艇，正準備出發登島的同行旅客。

下了繩梯，正當大家緊張得心臟都快跳出來的當口，又忽聞眾人興奮的鼓掌，「救起來了！救起來了！」「太好了！」「天啊！眞是嚇死人了！」大夥一言一句，慶幸之情溢於言表。

據說意外當時，那位生物學家駕駛的小艇疑似速度過快，導致艇身在海洋中不斷打轉，才會致使人落海！格陵蘭海域是非常可怕的，即便穿著救生衣，人體仍撐不過一分鐘便會失溫！若未及時救起，後果不堪設想！

驚魂甫定，登陸的團員們紛紛回來了。幾乎每個人都說：「妳放棄是對的，眞的沒啥可看。」

其實，我會選擇性的放棄，一方面也是因爲怕成了別人的負累。

島上陸地，多半是下坡比上坡難行。我們清一色必須穿著「南冠號」統一發給的靴子，我的個子小腳也小，那個靴子無論如何就是太大，我的腳吃不住，毫無抓地力。何況地面上滿布的，是極地的雪水帶來的石頭，它們經過長時間一路磨蝕，顆顆大小不一，顆顆都很尖銳！不難想像，這樣的石頭路面有多麼難走，鞋子一接觸石頭，很容易就往旁邊滑！我可禁不起跌倒啊！

其中一回，我登了島，同行的小慧就是擔心那樣的路面太危險，好心叫我不要上去，她上去看看馬上下來。我等了一會兒，心想還是不要拖累人家，於是決定自己走。上坡還好，遇到回程得走回岸邊的下坡，我可慘了。半彎著身體，一小步一小步的前進，無奈地勢崎嶇，我實在走得顫顫巍巍，狀甚狼狽。到後來眞不敢走了，停在半路。

「是黃老師嗎？」直到對方問了第二次，我才聽見。我急忙答是。原來是同團的李先生李太太，從澳洲來的台灣夫妻。也許是我的身形太好認，否則大家都穿著同一式的外套與救生衣，我又整張臉包得密不通風，竟然還能被一眼認出！

眞慶幸在這進退維谷的當口遇見他們。李太太叫我抓著李先生外套背後的帶子，再抓扶著他的手臂，就這樣一步一步，被安然帶到海岸邊。當我們慢慢啜飲著船公司在岸邊備妥的，那象徵犒賞獎勵的香檳與馬卡龍時，美好的感受眞是難以言喻。

我唯一選擇上岸的村落「因紐特村」位在梅爾維爾灣，是依山而建，前方低矮、後面慢慢高起來的地勢，房舍高低錯落。可想而知，那樣的地形，本地居民如履平地，外地旅人走起來卻是步步爲營、十分辛苦。就在一步一腳印的「跋涉」中，我幾乎是一上岸，就立刻發現那販售著手工藝品的攤位。

無論是到世上哪個角落旅行，我一直對當地原住民的手作藝品有著濃厚的興趣。

尤其地處偏遠，他們多半沒有太多的資源，所以只能就地取材。然而愈是有限的環境，愈是能激發出無限的創意。在非洲，我買過馬賽族人利用遊客棄置的塑膠拖鞋，破壞重組再生，手做的彩色野生動物擺飾。也買過馬賽人用色大膽豔麗，既搶眼又誇張的各式項鍊。

有趣的是，明明是天涯海角的距離；明明氣候是酷熱與嚴寒的極度差異，我們竟然在格陵蘭的海島村落裡，遇見類似非洲馬賽族人的彩色小珠珠串成的飾品。一樣，繽紛瑰麗，充滿力量。

一面欣賞著原民們的手工美感，我一面留意到更多人定勝天的智慧。比如格陵蘭因紐特村的居民們，利用動物的胃做成儲水囊袋，類似我們的水壺。

因紐特人原屬美洲原住民之一，他們分布在北極圈的周圍，是道地的黃種人。雖然屬於愛斯基摩人的一支，卻並不自稱愛斯基摩人，而是自稱「因紐特人」，這個名字在因紐特語中的意思是──「眞正的人」。他們的日常主食爲各類海魚（鯊魚、鱈魚、鱅魚、鱒魚、紅鮭魚）、海上哺乳動物（海象、獨角鯨、各類鯨魚），以及陸上的哺乳動物（鴨子、加拿大馴鹿、白熊、麝牛、極地狐、北極熊）。

在這樣一個海角小村落，靜謐卻有人煙，所以沒什麼安全上的顧慮。我要小慧放心讓我獨行。千載難逢的旅程空檔，我想要散散步，在地球的一隅，與自己對話。

我慢慢走著，裹緊衣領，細細看著這小小村落的景物與人。風雪雕刻著山陵土石，當然也磨耗著人的髮膚。坦白說，他們的生活條件眞的十分嚴苛。那麼冷的地方，動物們要活下去都不容易了，遑論人類！

我一路走、一路觀察，見到地上有管子，猜想應該是接泉水之用。又經過一個建

獨行散步，讓我遇見了美麗的小教堂與奇妙的超市。

物的門口，我問居民，是學校嗎？未料答案竟是「超市」！這下引起我的興趣了，好奇這裡的超市會賣些什麼？走進去瞧了瞧，很多冷凍庫，架上最多的商品是馬鈴薯片與可樂。那似乎是這極地之境與現代世界的奇妙連結。

遠遠的，我看到了一個十字架。

神啊，眞是無所不在，我慢慢地往教堂走去。剛一推門進去，裡面一對貌似夫妻的白人就扭頭對我說：「把門關上！」口氣十分無禮。我愣了一下，旋即關上了門。

幸運的是，他們沒多久就離開了。

我環視著這小小的聖地，美麗的小教堂，雪白的牆、水藍色的桌椅、古銅色的枝形燭台吊燈，太陽的光線照射在桌面與地板上，溫暖一如神蹟。

牧師的桌上有一疊紙。我悄悄壓了一百塊歐元在這疊紙的下方，這是我的心意，我的敬獻。

然後我帶著美好的心情，走出了教堂。

酷寒的風陣陣吹來，我慢慢走著，半路遇到一家人，一個哥哥抱著一個稚齡小孩兒，媽媽在一旁跟著。還有個打扮時髦的少女，約莫十五六歲。那位母親說，她生了五個子女，最小的就是哥哥手上抱著的那個。我要幫他們拍照，全都欣然接受，很開心的對著鏡頭笑，拍完了又很開心的湊過來看。那樣的人性溫暖。是眞眞實實的，分毫不假。

看著因紐特小女孩純稚的面容，想著人類的堅忍與韌性，思及台北家中的一切，告訴自己：當我返家，在宜人的室溫中捧起那熱騰騰的飯菜，我一定要記得，滿懷虔敬、知恩惜福！

在酷寒風中遇見溫暖的因紐特一家人，哥哥抱著稚齡小孩兒，還有打扮時髦的姊姊。

3. 格陵蘭之旅中的小「插」曲

我回到艙房，實在難耐左眼那卡著異物的感覺。走進浴室，面對洗臉檯前的圓形化妝鏡，翻過可以放大鏡中映相的那一面，整張臉貼上前去，翻起眼皮，湊得不能再近，這才終於看到，好幾根睫毛，硬生生倒插進我的眼睛裡！

很多時候，我的大而化之，連自己也覺得匪夷所思。這次的格陵蘭之旅，我明明從旅程初始就覺得左眼不舒服，整整一週，幾乎都在半盲狀態，走路還得有人拉著。但因爲不紅不癢，心想應該沒發炎或感染，又找不著原因，於是便渾渾然擱著。如今安坐家中書房，提筆寫著稿子的此刻，雖是早已事過境遷，回想當時一直莫名流淚的狀態，且身處極地旅程中，竟能如此大膽隱忍拖延，自己免不了都要驚出一身冷汗。

有天飯後，我回到艙房，實在難耐左眼那卡著異物的感覺。走進浴室，面對洗臉檯前的圓形化妝鏡，翻過可以放大鏡中映相的那一面，整張臉貼上前去，翻起眼皮，湊得不能再近，這才終於看到，好幾根睫毛，硬生生倒插進我的眼睛裡！

珍貴的格陵蘭之旅，怎能不隨時隨地睜亮雙眼，將絕美景致攝入眼底、植入心田！

「哇！妳還眞能忍啊！」朋友聽到我事後的描述，都不由得皺起了眉頭，「光是想像都知道那有多痛欸！」加上我傳神的訴說著，怎樣用旅行中必備的小剪刀（刀鋒是鈍的，不是尖的），湊近鏡子，小心翼翼剪掉那一根又一根倒插的睫毛，我屏氣凝神，深怕一個不穩戳到眼睛！終於，清除了「禍源」，困擾多日的不適感立刻消失無蹤。

靈魂之窗瞬間輕鬆的感覺，再次提醒我那句箴言：

「健康是病人頭上的一頂珠冠，平常人是看不見它的。」

眼疾警報解除後，我滿懷感恩，慶幸這段小「插」曲，沒有釀成棘手的大傷害。畢竟，珍貴的格陵蘭之旅，怎能不隨時隨地睜亮雙眼，將世間絕美且正逐步消逝的景致，攝入眼底、植入心田！

4. 奔赴一場大自然的謝幕式

如今，格陵蘭的冰山正在全球氣候急遽變遷下，迅速崩毀，它們消失的速度，遠遠超越了人類痛定思痛的懊悔。我們從世界各地奔赴現場，像是奔赴一場大自然的謝幕式。向來但凡罕見的、脆弱的、易消逝的，總是會引起人類的趨之若鶩，但冰山與這世上其他美景不同，它不是一塊自然風化的石頭，也不是一條因為風雨淤塞的小河。石頭風化抑或沉積了，世界不會影響分毫；小河淤塞了，世界依舊如常運轉。冰山不同，它的存續與否，代表大地能否繼續孕育生命，人類能否生生不息！

這世間的美景，有各種形式的存在。有些成就自人工，雖是刻意營造，卻並不比渾然天成的自然奇景遜色：或美得磅礡大氣，或美得精緻典雅。比如日本人最擅長的花田、植栽、燈海；比如歐洲各地的美術館、教堂、奇屋雅築。人類的創意與堅持，往往能造就出令人心折的美麗。爾後只要願意認眞維護，人工的美景便能年年存續，

即便人事已非，景物卻能依舊，讓人年復一年，舊地重遊。

然而那些毫無經過人爲雕琢的大自然，比如格陵蘭的冰山，鬼斧神工，美得連「驚嘆」都不足以形容。面對如斯絕景，人們醒悟了自己的渺小，卻也感恩於自己的渺小。若非如此，貪婪且愚蠢的人類不會明白，大地之母，亙古以來，是以如何的珍寶在餵養忝爲萬物之靈的我們。

格陵蘭的冰山正在全球氣候急遽變遷下，迅速崩毀，它們消失的速度，遠遠超越了人類痛定思痛的懊悔。

如今，格陵蘭的冰山正在全球氣候急遽變遷下，迅速崩毀，它們消失的速度，遠遠超越了人類痛定思痛的懊悔。我們從世界各地奔赴現場，像是奔赴一場大自然的謝幕式。

向來但凡罕見的、脆弱的、易消逝的，總是會引起人類的趨之若鶩，但冰山與這世上其他美景不同，它不是一塊自然風化的石頭，也不是一條因爲風雨淤塞的小河。石頭風化抑或沉積了，世界不會影響分毫；小河淤塞了，世界依舊如常運轉。冰山不同，它的存續與否，代表大地能否繼續孕育生命，人類能否生生不息！

感謝此行同團的團友黃良典先生，他帶著專業的攝影器材，以及探索世界的熱情，不停的拍攝格陵蘭的各種面貌。我只有一支手機，頂多拍拍近處的人或靜物，對其他美景根本只能望之興嘆。拍出來的東西別說失焦了，嚴格說來，根本就是褻瀆了絕景。

尤其我們搭乘的橡皮艇，因爲安全上的顧慮，怕冰山

極地裡珍貴卻瀕臨絕種的動物們。

崩落造成的湧浪會讓艇身翻覆，所以是不可以太靠近冰山的。這樣一來，我的手機更不可能有任何作爲了。

正愁著若少了影像，不知如何將美絕的格陵蘭帶到讀者眼前，想不到黃先生竟大方首肯出借照片，一聽我說是要用在新書裡，立刻欣然同意。我看著那一張張的傑作，北緯七十六度的沙維斯維克、巴芬灣秘境的冰山面貌躍然眼前！在安靜的海面上，一處一處的冰山孤傲的佇立。白則白得耀眼、藍則藍得揪心！堅毅且熱情的日照光線，如鋒利的石中劍，射向那晶瑩澄澈的冰壁，投射出迷幻的色彩。

冰山的面貌各異，有些似拱橋、有些似青蛙、有些似鱷魚；神似動物的冰山，只要多加一點想像力，就會更加栩栩如生。雖然不像天上的雲朵那樣瞬息萬變，但冰山的型態卻更具體，尤其是那靜靜棲伏在海面的姿態，沉默，但劇力萬鈞。

冰山因陽光的散射作用，呈現出剔透動人的藍色！

關於冰山的形成，是「雪」被經年累月的壓實再壓實。雪裡面原本的小氣泡，隨著時間本就會愈來愈少，再加上在壓實的過程中，結構變得更加緊密。這些被封閉的氣泡小到一定程度後，便會對陽光產生散射作用。而陽光中波長較長的紅光，因爲能量較低，所以會被吸收。反之，波長較短的藍光，則因爲能量強，很容易散射，於是呈現出冰山那剔透動人的藍色！

偶爾，在一片靜寂之中，我們豎耳傾聽，會聽到遠處冰山崩落的聲音！那聲響，正提醒著我們，這世間的美麗，更待珍惜！

輯五

日常‧旅行之外的精采

旅行之外的日常，也有著許多驚喜與美好。
人生是自己的，旅途也是自己的，既然可以更精采，
又有什麼理由拒絕去感受呢？

1. 這友情書頁請允許我重讀，一遍又一遍

那一天的他，罕見的沒有笑容。老友相交幾十年，我從未見過孫越如此。然而駑鈍的我沒有多想，只以為他身體不適，一時半刻難展歡顏。臨別之際，我走到病房門口，回頭跟他說再見，他還是沒有笑，我不以為意，心想反正來日再約，於是只朝他笑笑、揮了揮手，便沒有走回去給他一個擁抱。

生命之書是至上之書，由不得任人隨意啓閱，迷人的片段不能重讀，但致命之頁自動翻開，我們想翻回喜愛之頁，死亡那頁赫然在指間。

——拉馬丁

那一日，我到醫院去看望摯友孫越先生。初時只聽說他是要拿掉結石，後來因爲發燒，所以尚在住院。那一天的他，罕見的沒有笑容。老友相交幾十年，我從未見過

孫越如此。然而駑鈍的我沒有多想，只以爲他身體不適，一時半刻難展歡顏。臨別之際，我走到病房門口，回頭跟他說再見，他還是沒有笑，我不以爲意，心想反正來日再約，於是只朝他笑笑、揮了揮手，便沒有走回去給他一個擁抱。

我怎麼也想不到，那一眼，竟是我們的最後一面。

多希望這溫暖的笑容能再現眼前。

如詩所言：死亡那頁，赫然在指間。

孫越先生是個永不停止努力的人，忝為他的好友，我清楚看見了他對人、對生命的熱情。盛年從演藝浪頭上退隱之後，孫越先生投身公益，成功樹立了「孫叔叔」的典範。當紅之際華麗轉身，毫不留戀的走下那受人仰望追捧的舞台。趨名逐利的心，他沒有，卻以超乎常人的堅持，為公益燃盡責任與熱情。揚棄一盞盞的聚光燈，上帝又給他另一個更大的舞台！他總是那麼充滿希望，憂傷的人遇見他，像看見冬日的太陽：溫暖，卻不扎眼。這些年，他不知幫助了多少人，從黑暗的幽谷重新站起，迎向未來。

孫越先生不只是我與先生的好友，也是我們全家的友人。他為人誠懇，從不因為已經成為「公益」的代名詞，就此棄置那份「努力做為一個好人」的心。我看著他，日復一日、年復一年的，始終在做一個好人，盡全力活出一個好人的典範。並且以這般積極的心態，影響著周遭的親友，乃或陌生人們。

他與另一半感情甚篤。孫太太也是個永遠給人溫暖，不吝付出的人。我最記得孫越先生語重心長對我說：「男人心裡永遠知道，哪個女人是要廝守一輩子的人。」對妻子的深情，盡在字句間。

孫越先生喜愛新事物，熱中學習，好幾年前他就勸我：「阿穗，妳怎麼不學電腦啊？」

過幾天還不忘打來追問，學了沒？有時覺得他的諄諄善誘很像個兄長，就是恨不能把所有人都一起拉往良善與上進的康莊大道去。後來我果真學了電腦，還取了個名字「花蝴蝶」，表示自己愛玩，這裡飛飛、那裡沾沾。我就用這名字，與孫越在電腦上通訊。

何其有幸，早幾年的時候，我們夫妻，曾有無數次偕同孫越伉儷，一起出國賞玩美景。一本本的相簿裡，留有多少「孫叔叔」老頑童般的可愛身影！

我的手機裡也處處有著這好友的影子。有他的電話號碼，有他在 LINE 上的玩笑或殷殷叮嚀。若要我就此刪去，實在做不到。

只因爲，那是唯一能突破死亡的封鎖，重新啓閱的迷人片段。喜愛的友情書頁可以允許我重讀，一遍又一遍！

2. 反覆熟練才能成就藝術

我向來喜歡花，然而對畫出來的花中之王，實在興致缺缺。也許正因那份雍容富貴過於飽滿，反而不若缺憾所能帶來的感動。花顏雖美，畫技雖然了得，可惜少了牽動心緒的深刻。

去年十一月，上海已入深秋。趁著陪同外子公出之便，我也再次來到張愛玲筆下那迷人的城。先生白天忙著處理公事，我便獨自遊逛，慢慢體會這十里洋場。

其中，「龍」博物館是我首度造訪。偌大的空間，其一正在展出牡丹畫作。我向來喜歡花，然而對畫出來的花中之王，實在興致缺缺。也許正因那份雍容富貴過於飽滿，反而不若缺憾所能帶來的感動。花顏雖美，畫技雖然了得，可惜少了牽動心緒的深刻。

同樣是描繪花顏，圓滿尊貴的牡丹與我無涉，反而是梵谷筆下那永遠與富貴、滿足沾不上邊的花朵們：孤高的鳶尾、悲憫的向日葵，深深觸動我心。所謂花語，想來只有梵谷以生命訴說的，我才能懂得。

龍博物館占地很廣，裡面多作爲展覽使用，感覺十分空曠，又因爲沒有暖氣，以致寒氣逼人。我一個人走著、觀賞著，愈來愈冷，心裡直想：可別感冒了！

牡丹花雖沒有感動我，但另一區的書法展卻美得無與倫比。有宋徽宗的瘦金體，也有王羲之等大家。我細細看著那些點、按、撇、捺，驚嘆之餘，更深覺中文之美，博大精深。透過書法，文化的氣韻才能表露無遺。一面深自慶幸中文是我的母語，否則以我駑鈍之資，無論如何努力，恐怕也學不來這堪稱全世界最美的語文！一面又不由得自忖：我就算究此一生，埋頭練字，怕也無法企及眼前美字的十萬分之一啊。

不過，看著一幅幅美字，心中很奇異的獲得了平靜。站在絕美的書法之前，想到王羲之的兒子王獻之寫完一缸水的故事，更是領悟深遠。當年王獻之秉承父親眞傳，年僅十二已寫得一手好字。某日，他寫了幾個字，自覺已達父親的水準，喜孜孜的拿給父親獻寶。未料，王羲之看後沒有讚美，只提起筆來，在其中一個「大」字下面加了一點，然後要獻之拿去給母親看。

王獻之滿心不悅，拿給母親之後，她看了看，開口道：「這些字，只有那一點，是你父親寫的，其他的，還不夠功力！你應該要更努力的練習。」獻之聽聞母親所言，不但沒有反省，還更加灰心，於是字也不練了，鎮日耽於玩樂。

有一天，他經過一處林子，見到一位盲眼的婆婆，正在小房舍中織布。獻之忍不住好奇，問道：「婆婆您眼睛看不見，爲何能夠織布呢？」只見那老婆婆微微一笑，對他說：「我織布，就像王羲之寫字一樣，因爲熟練啊！」

王獻之聽了婆婆的話，頓時醒悟。他立刻回家，裝滿了一大水缸的水，並且發下豪語：「從今天起，我要好好練字！在寫完這一缸水之前，我不停止。」

勤勞與反覆練習，眞的是成功的不二法門。還沒寫完那一缸水，王獻之已然成爲一位，足以與其父王羲之並駕齊驅的書法大家了。

如果是我，別說一缸水了，就算只是一只小湯碗，要我練字，都是天方夜譚吧！我向來羨慕寫得一手美字的人，自己卻始終沒能把字寫好，說來還眞有那麼點自暴自棄的嫌疑。

藝術，除了天資，反覆熟練應是更爲重要的優勢。寫字一事，關乎技巧，尤其需要不厭其煩的毅力磨練，直到筆到心到，渾然天成。這讓我想起「庖丁解牛」的遊刃有餘，一把在骨肉筋絡間暢行無阻的大刀，究竟背後累積了多少失敗的練習？絕非局外人能夠想像。但凡已無需思索猶豫，便已然成爲藝術家的手中乾坤，那才是眞章，才能感動人心。

3. 如拼圖般，完成我對家的愛

受惠於旅行，我的家，就像個迷你的小小世界。沒出遠門的時候，身著居家服的我，拿一本書，選一個角落，徜徉字海的同時，仍然感覺自己被世界的溫暖與美好包圍。

我是個極喜愛居家布置的人。多年來，託了旅行之福，不但自旅途中偷師了各式各樣新奇有趣又實用的點子，也因爲旅行的緣故，彎身探看了世界的窗口，找到了許許多多令人驚豔的家具與家飾品。非洲的腳凳、阿拉斯加的漂流木、布拉格的水晶盤、法國巴黎的吊燈，世界在我家落腳，千山萬水在我家匯集。

受惠於旅行，我的家，就像個迷你的小小世界。沒出遠門的時候，身著居家服的我，拿一本書，選一個角落，徜徉字海的同時，仍然感覺自己被世界的溫暖與美好包圍。

更何況，這些年，我是如此孜孜不倦的書寫著旅行，我的旅途，不斷在回憶中反

在巴黎覓得了心心念念的鞦韆。

芻，一次書寫，便是一次重遊。

最近因爲家裡重新裝潢整修，我自然又得取經於世界。愛玩如我，過去已經用過的點子，想當然爾是不會再重複的。新的創意？其實早已在我的腦袋裡儲備了好幾年，比如：我想要一個新的咖啡桌，用來擺在客廳，裝飾與實用兼具，但我希望是個與眾不同的桌子，絕非市面上輕易便可買到的家具。

跳進我腦海的是某個歐洲品牌的硬殼行李箱。我最初的構想是，二手的古董箱也無妨，經歷過時空的洗禮，說不定更能傳遞出旅行的氛圍。熱愛旅行的我，家中咖啡桌

帶著旅行中遇見的美好飄洋過海，如拼圖般，完成我對家的愛。

若能以結合旅行喜好，卻又不致太過強調的方式呈現，應該會非常的與眾不同。

然而真到了巴黎，進了二手店，那老舊的行李箱卻讓我卻步了。一是它的價格貴得驚人，外觀的髒舊我本來不太在意，只是以那個狀態，實在不值那漫天的價。儘管店家透過朋友翻譯，一直強調那個古董行李箱是多麼值得擁有，我幾經細想，仍然理智獲勝，打了退堂鼓。

試想：那老舊的箱子，要價幾乎與一只全新的該牌行李箱相去無幾，別說日後破損沒得維修了，就算將來我想賣掉，恐怕也沒人會看得上吧！

於是我轉而決定買新的。少了古董店那莫名的高冷態度，門市人員以專業有禮的服務接待我們，不但有型錄可供我比較，甚至連內裡的襯布，也可以讓我按照自己的喜好做選擇。重點是：我買到的是有品質保證、有保固的全新行李箱。每一分錢都花得心安理得。就算製作需要時間，得等上數月，又何妨呢？反正家裡也還在整裝中啊。

行李箱上，我將會隨意貼幾個像「小心輕放」一類的英文標籤，營造旅人質感。小小的點子，卻是無價的創意，自己想來都不免覺得興奮。

此外，我在巴黎還覓得了一個我心心念念的鞦韆。是的，你沒看錯，就是鞦韆！古樸的鐵環吊臂，座椅的部分是皮革的。保證承重八十公斤的鞦韆，我打算懸於室內，不是眞的用來坐或盪，而是想在上面擺本書、一副眼鏡。想像一下，它必會成爲一個讓心靈休憩的角落。浪漫信手拈來，必定吸睛！

旅行，就是如此這般，帶我跨越時空的局限，打開心靈的桎梏。讓我不厭其煩、飄洋過海，如拼圖一般，一小塊一小塊的，鉅細靡遺，完成我對家的愛！

從雅典娜酒店帶回的當代藝品，成了我家門口美麗的風景。

4. 讓美的事物充盈身邊

關於「家」，我始終覺得，那就像是人的另一張臉，理所當然也必須讓它美麗。一個人，住在什麼樣的房子裡、怎麼打理家的樣貌，某程度便代表他如何看待自己的內心。

住了十幾年的家，即將重新整修與裝潢，於是我趁著此番夏末到巴黎看秀之便，順道爲家中選購些合宜的傢俬。

先生在這件事上向來很信得過我，全權交予我打理。對於居家品味的堅持，大概是我教授多年美姿美儀後衍生的「副業」。愛美天性使然，我什麼都要「美」。個人裝扮就不用說了。關於「家」，我始終覺得，那就像是人的另一張臉，理所當然也必須讓它美麗。一個人，住在什麼樣的房子裡、怎麼打理家的樣貌，某程度便代表他如何看待自己的內心。家的美醜與尺寸無關。小房子的溫度，往往是豪宅比不上的。就像劉禹錫的〈陋室銘〉中，那最讓人朗朗上口的句子：「山不在高，有仙則名；水不在深，有龍則靈；斯是陋室，惟吾德馨。」

每回要搬家或裝修，我總是所有軟硬體的把關者，畢竟是自己的住家，我又是個只要沒旅行就會窩居在家的「宅女」，爲了獲致最舒適的居家氛圍，也爲了讓另一半忙完公事回到家裡，能有完全放鬆的愉悅，對於家居布置，我得承認，自己算是「龜毛」的。那與我相識且合作多年的設計師，一直以來，鞠躬盡瘁的配合著我的吹毛求疵，每次找她幫忙，總會讓她累到人仰馬翻，整個人脫層皮！話雖如此，也只有她懂我，知道我要什麼。

到巴黎挑家具，其實也是一趟有趣的美學體驗，而且並非想像中昂貴，不僅沒有代理費，還可以退稅，比在台灣採購划算許多。

我替先生的書房買了那曾在《邂逅》一書中提及並附上照片的：LANVIN 總裁王效蘭女士的辦公桌。讀者們也許還記得，它非常特別，是飛機的翅膀！當初在效蘭的辦公室初見此作，驚豔之餘，一見鍾情。剛好今年家中改裝潢，第一件讓我想到的新家具，就是那張飛機翅膀書桌。如願買到，眞是十分開心。

另一件得意的戰利品，則是兩只超特別的不鏽鋼臉盆。無論晨起或睡前，我和先生都不用遷就對方了。

我還購得一只圓形的臉盆，銅製，背面經過細細的敲擊與槌鑿，正面因此有了

從巴黎帶回的不鏽鋼臉盆，也是我得意的戰利品。

隱隱的紋路，呈現一種自然的洗練。細看每一處痕跡，都有不同的力道，美感自成一格。手工的東西，永遠有一種機器無法取代的溫度；正因為它不能整齊劃一，耐人尋味的美更凸顯在微妙的細節裡。尤其像臉盆這樣的日用品，每天早晚都會頻繁看見、接觸、使用的物件，如能有漂亮的手工銅作相伴，是多麼美好的感受！也或者，帶著溫潤感覺的居家用品，更人性、更能夠提醒我珍惜水資源。

走逛、採買家飾品，對我來說，不是煩心的任務，而是心靈享受。我甚至覺得，它豐富了我的旅程。因為從找尋、欣賞到購買的過程中，我的雙眼，一直不斷接受著美的刺激與滋養。有些東西，也許受限於材質或尺寸，不能買來自用，卻可以偷師。「啊，這個設計好棒，好簡單，我怎麼沒想到？」「原來綠色植物跟腐朽的鐵器相搭，是那麼衝突的視覺印象！好美！」「這個木框如果搭上某幅畫，不知道效果怎麼樣？」如此這般，眼睛與腦袋甚至是心靈，全都活絡得不可開交，好不快樂！

又思及我以前在書中寫過的，法國人的美感養成，眞的是自小開始。當我漫步巴黎，當我行過無數街巷，美的事物就那樣自然而然的存在著，如許日常、如許缺一不可，更加印證了那句：

美的事物，是永恆的喜悅！

5. 出走的好奇心早已於童年扎根

有句話說：「任何事堅持久了，就會成為專家。」我的旅行寫作，當然還不到專家的程度。但是那麼多年耕耘下來，好像隱約成了一種責任，也已習於「旅遊作家」的稱謂。將自己所見所聞透過文字與照片，讓讀者們也能同遊美景。

一直以爲，旅行的書寫，好像早該到了收筆的時候。卻不知，只要旅人的身分未卸，旅行的腳步未停，關於記錄我的旅程，似乎就是一條延展向未知的遠方，看不見盡頭的路。

如此轉折，十足像是由「見山是山」到「見山不是山」，再進化到「見山又是山」的歷程。

有句話說：「任何事堅持久了，就會成爲專家。」我的旅行寫作，當然還不到專家的程度。但是那麼多年耕耘下來，好像隱約成了一種責任，也已習於「旅遊作家」

的稱謂。將自己所見所聞透過文字與照片，讓讀者們也能同遊美景，不只是有形的景物，我更希望內心的感受，也能隨著山水人文，傳達給大家。這便是我所謂的書寫責任。

簡單來說，我既然有感覺，爲什麼不寫？

女兒娃娃有句「名言」：「媽媽常有藝術家的感覺。」但我覺得養分永遠不夠，所以更需要多走多看、多吸收。

因爲太喜歡旅行，有時我不免覺得，自己有個「漂泊」的靈魂。我從小便沒來由的喜歡康樂的事情，帶著大家去玩，是我最樂此不疲的事。

小時候的我，與幫著家裡耕種的佃農熟識。廣大的田野鄉間，是我最熟悉的遊樂場。在那裡我簡直如魚得水。只要有空，我喜歡帶著老師、同學，一起去找佃農伯伯，他們又是殺雞又是宰鴨，還有炒米粉、筍湯，手忙腳亂的弄出一桌子菜來。

「小姐怎麼不先講啊？」佃農伯伯一面說，一面慌忙的到池塘裡抓魚。

我太任性，彼時又還是個黃毛丫頭，不懂事。看到大人爲了滿足我的愛玩個性，大費周章的張羅忙碌，竟然毫不覺得不好意思，只覺得呼朋引伴的自己很「出鋒頭」，小小的心裡滿滿的得意。

現在想來，眞是太對不起忙得滿頭大汗的長輩們了。

然而，關於出門、關於旅行、關於踏上未知的土地，去看、去感受、去想，也許正是因爲扎根於那什麼也不懂的年紀，才會養成日後的義無反顧。旅行的靈魂、出走的好奇心，或者在那個純眞年代，已然埋下第一顆種子！

6. 收整行李也是一種對人生掌控能力的訓練

我的旅行有時要出席各種場合（生日晚宴、婚禮、時尚秀），需要考量的因素可能又更複雜些，比如說，禮服要帶哪一套？搭配的首飾又該怎麼取決？初時也難免一團紊亂，但久而久之，經驗累積多了，自然規整出一套上手的哲學。

因爲常出國旅行，我的行李收整術常被朋友或讀者問起。尤其是像歐遊的長途旅程，動輒十天半個月，甚至更久，大家似乎對於怎麼收拾出實用又不致浪費空間的旅行箱，充滿疑惑。

「這個到底該不該帶呢？如果沒帶，到時要用卻沒有，會不會後悔？」「可是，萬一帶了卻沒用到，只是徒增行李重量，豈不是更麻煩？」「我希望拍出來的照片可以有不錯的穿搭，這樣是不是得帶很多套呀？」「帽子怎麼辦？怎麼收才不會被壓壞？」

其實，別說大家了，就算是我自己，也常常會被收拾行李的各式難題考倒。我的旅行有時要出席各種場合（生日晚宴、婚禮、時尚秀），需要考量的因素可能又更複雜些，比如說，禮服要帶哪一套？搭配的首飾又該怎麼取決？初時也難免一團紊亂，但久而久之，經驗累積多了，自然規整出一套上手的哲學。

因爲知道自己記性差，容易忘東忘西，所以我不敢拖到行前最後一天才收拾，至遲也會提早個三、四天甚或更多。近幾年我的方式是：將行李箱攤開，置於臥房角落，想到什麼該帶的，就順手擱進去，一天總會經過臥室好幾回，漸漸的東西也就齊了。

愈接近出發，愈會出現重複或其實不需要帶的累贅，毫不猶豫取出，行李立刻就少了不必要的負擔。

我發現以這種方式拾掇行李的好處是，加或減，全都一目了然。

帽子於我，是完全不可或缺的旅伴，夏天遮陽、冬季保暖禦寒。遑論若旅途疲憊，頭髮不太好看，只要帽子一戴，遮醜又兼成就造型，就連面對鏡頭都不必擔心了。

所以我離不開帽子，鍾愛的幾頂都是在日本買的，品質極好。我總會挑選耐摺的軟材質與款式，一方面經得起旅途中脫脫戴戴的磨耗，一方面也方便收進行李箱，不

在布達佩斯市集中選購帽子，帽子於我，是完全不可或缺的旅伴。

怕被其他衣物，甚或尖硬的日用品壓壞。

至於首飾，若有場合需要，我通常選戴華麗但便宜的飾品。畢竟出門在外，安全第一，尤其歐洲治安始終堪慮，若只是爲了一兩個場合的短暫亮相，搞得自己整個旅程提心吊膽、寢食難安，何苦？

華麗款式的假珠寶，正是旅途中的晚宴配件上選。我總盡可能發揮創意，比如一只別針，搭配一條質感好的緞帶，就可以變身成獨一無二的頸鍊。即便原本的禮服款式比較簡單，抑或顏色略嫌沉重，搭上一條這樣的飾品，也能馬上提升整體吸睛程度，又不致太誇張，搶了主角風采。

此外，若以個人習慣來說，我比較特別的是保養品。日常保養，我是數十年如一日的實踐者。正如過去在舊作裡說的：「就算肚子痛，該好好做的臉部按摩，一分鐘都不能省略。」這樣的堅持，導致出國行李最占重量與空間的，就是我那些瓶瓶罐罐。

我的「瓶瓶罐罐」可不是一般等閒之輩。它們數量龐雜，功能也各不相同。擦臉的擦手的擦身體的，甚至是擦頭髮的，我十分堅持保養品必須各司其職。只是這多年習慣養成下來，無論在家抑或出門旅行，關於保養，我已經無法「妥協」，所以才會減省不了任何行李。

通常我會將它們分裝在旅行用的小瓶裡，再集中放置在一個隨身袋中，這個袋子是可以掛在可登機的行李箱外的，推動行李箱時就無需另外出力。到了飯店入住後，要取用任何保養品，也不用大費周章的把大行李打開，狼狽地翻找（據我所知，不少女性的習慣是，將各瓶各罐塞進衣物之間，以致無論是入住後或是退房前，都得重複一次手續繁複又耗時的收整過程，把自己搞得人仰馬翻）。

如此方式還有一個好處，就是當我遇到需要轉機的狀況時，四、五個小時的時間說短不短，剛好足夠讓我去航空公司的淋浴間洗個臉、洗個澡，整頓一下自己。正因為保養大軍是安穩的待在登機箱旁的背袋中，跟著我進貴賓室，方便又省時。這些不可或缺的好幫手，讓我輕鬆卸除旅途的疲憊，好整以暇完成保養程序，重新蓄滿能量，神清氣爽的登機。

我在飛機上的「休息裝備」，恐怕也會讓很多人「嘆為觀止」。大多數人選擇的眼罩，我因為嫌它覆在眼睛上，無論多輕，終究是個壓力，所以從來不愛。我的遮光組合是：帽子加墨鏡，再加手帕。

隨身攜帶手帕搭飛機，除了環保理由：比如洗手完擦拭用。另一個更實用的原因就是：可用以在睡覺時遮住雜七雜八的光源。我戴上墨鏡、帽子，大大的手帕壓在我的頭頂與帽子之間。因為有墨鏡的關係，手帕不至貼在臉上，而是輕輕的「架」在鏡框外。如此一來，我既有完全被遮住臉的隱私，又不會阻礙呼吸。

以這副「尊容」休息，仗著別人看不見自己，有時我甚至會大方敷個保溼面膜呢！十五分鐘後，洗臉、擦保養品，然後安安心心的睡覺，完全不必擔心睡相走光，誤傷了別人眼睛。

從收整行李，到上機後如何自處，旅行於我，愈來愈像是一場又一場生活邏輯的練習與實踐。本來活得隨興的人，可以通過前述種種，找到屬於自己的旅行中該有的態度（比方：因爲隨興，最容易該帶卻沒帶，不方便事小，就怕影響行程）。本來拘泥於衆多原則的，也能學著斷捨離（例如：什麼實在不該帶，帶了只會徒增重量，就算你再堅持，經驗總會讓人學會教訓）。你的觀念愈合理，就愈能使準備工作事半功倍。練習的次數愈多，愈能找到屬於自己的一套準則。

明明是出門玩耍，卻能藉由收拾行李，訓練自己對人生的掌控能力，讓日常過得更得心應手。細究起來，旅行的 CP 值高低，委實取決在自己啊！

7. 旅行之外的日常人生也有驚喜

時間一到，朋友們提著大包小包，從咖啡館門口，一路帶著興奮的神情走進來。我一面聽著她們分享剛剛的「戰況」，看著她們攤在桌上的戰利品，心裡仍然沒有分毫動搖。同時心中充滿感恩，反芻著與購物無關的成就感，一種自在、無擾的快樂。

我是個出國很少逛名店，也幾乎不逛outlet（名牌暢貨中心）的人，因爲太累了，我要保留精力旅行。之前在書中也寫過，跟朋友結伴旅行，通常都是她們去當地的outlet血拚，我則淡定如山，一個人悠哉悠哉、開開心心的坐在咖啡館裡等。也許看書、也許看人、也許瀏覽窗外風景，享受旅途中難能獨處的時光。

這份淡定與從容也不是一蹴可幾的。早幾年的我，旅遊經驗還不多，對於購物完全沒有抵抗力。總是怕「錯過了就買不到」，於是見到喜歡的衣物，十有八九會像被催眠似的打開錢包，買起來從不輸人。直至隨著年歲增長，「斷、捨、離」的觀念漸

逛街太累，我要把精力保留給最愛的旅行。

漸在我心中成形，對於「看對眼」的東西，逐步培養出判斷的智慧，究竟該取？抑或該捨？幾番練習，終於有了如今的成績。

時間一到，朋友們提著大包小包，從咖啡館門口，一路帶著興奮的神情走進來。我一面聽著她們分享剛剛的「戰況」，看著她們攤在桌上的戰利品，心裡仍然沒有分毫動搖。就算有人說：「哎呀麗穗，妳沒去眞的好可惜，好幾樣單品都好適合妳，妳一定愛死了！」我仍然只是一逕的微笑，開心的應一句：「是喔？」同時心中充滿感恩，反芻著與購物無關的成就感，一種自在、無擾的快樂。

出國尚且如此，所以不難想見，當朋友提出邀約，說是桃園國際機場附近開了不錯的 **outlet**，要我一塊兒去瞧瞧時，第一時間我本想婉拒，但朋友盛情難卻，剛巧那一陣子沒有旅行安排，多數時候賦閒在家。「就當出門走走嘛！」朋友說。轉念想想也是，於是輕輕鬆鬆拎個小包，就跟著朋友去了位在桃機附近的 **outlet**。

沒想到，竟然有「我的」衣服！

到了現場一看，好多名牌都打三折！有件洋裝，雖然是某名牌三年前的款式，但又何妨？我對時尚的敏感度，從來不曾取決在「當季」這個可有可無的節骨眼上。愈是「流行」的設計，愈有可能「退流行」，所以我從不迷信。更何況，我喜歡「改」！

買下什麼，不代表我就會乖乖的照本宣科。總是愛動念把衣物「改」成更適合我的樣貌，用我的方式，演繹我自己的流行。

樂此不疲。

後來，我買下了那件三折的淺米色，帶花紋的長洋裝。滿腦子已有活靈活現的打算：「嗯，這裡腰際本來是皺褶花邊的地方，我可以把它拉直；還有這裡，拆下的荷葉邊也許可以換個位置。」

這一回，生活中的小小驚喜，竟然是等待在原以爲自己怎麼也不會光顧的 outlet 商場裡啊！看來，旅行之外的日常人生，也有著無心插柳的意外收穫呢！

8. 既然可以精采，又有什麼理由拒絕？

人生的格局，大者可容天地，小則連方寸之間都有跨不過的柵欄。有人怕水，一輩子不敢坐船。有人因為飛安恐懼，所以縱使不愁吃穿，卻始終無法踏出國門，見識台灣以外的世界。

這幾天，氣溫動不動就飆高、破紀錄，我安坐家中寫稿，既沒在飛機上，也不在異鄉，突然想跟大家聊聊「旅行中的愛與畏懼」。

今年五月，我又跑了一趟巴黎。寫到這裡，回頭看看自己居然用了「跑」字，不免啞然失笑。明明是個千山萬水之遙的歐洲大陸啊，不知不覺脫口而出，好像近在咫尺似的。也許就像女兒娃娃說的：「巴黎是媽媽妳最鍾情的地方！」所以，即便它如此遙遠；即便近幾年這城市屢屢遭受恐攻威脅；即便我在巴黎被搶過也被偷過（兩次的經歷都已寫進書中，驚魂程度不相上下。被偷被搶的當下，娃娃都在場，與我一起經歷了那些永遠難忘的驚嚇），對我而言，只不過會更小心提防而已，卻完全無損我想拜訪她的渴望。

「換作別人，怕不早就嚇死了，哪裡還敢一再重遊啊？」娃娃邊說邊笑著搖頭。我這做母親的，遇上喜愛的事物，那種「雖千萬人吾往矣」的決心，多年來大概早讓她從司空見慣到見怪不怪了。

女兒的話很有道理，如果真把這些膽顫心驚的經歷都放在心上，還真是會讓人裹足不前。更別說還有恐攻的隱憂！我拍拍娃娃的肩，笑答：

「怕這個、怕那個，別說不敢出門，每天被各種危險威脅，要是什麼都怕，簡直不要活了！」

我說的，是再認眞不過的眞心話，老大不小了，爲何不能瀟灑的甩脫桎梏，把時間還給自己？

人生的格局，大者可容天地，小則連方寸之間都有跨不過的柵欄。有人怕水，一輩子不敢坐船。有人因爲飛安恐懼，所以縱使不愁吃穿，卻始終無法踏出國門，見識台灣以外的世界。

多麼可惜！這世界明明如此精采！

我的膽子很小，很多日常的大小事，都守著謹愼安全的分際。然而每當我上了

旅行給了我源源不歇的勇氣與精力，一站又一站的啟程，一次又一次的出發。

飛機，踏出國門，探索的雷達也會跟著打開。無論是坐在被大浪高高舉起的南極小艇上，隨著浪頭興奮不已；抑或搭上連男士也不敢一試的世界落差最高滑索，任樹頂景物在眼前飛馳；還是把身家安全都交給訓練有素的極地雪橇犬；又或者在非洲草原，抓緊扶把，在悍馬車裡震動顛簸，跟著大夥追尋獸跡……我有太多太多不可思議的勇敢，都只在旅行中發生。

有時想想，是不是因爲旅行，給了我更多「愛」的能力？愛自己、愛所愛、愛光陰、愛這不斷讓人有所期待與驚喜的世界。所以我才能有源源不歇的勇氣與精力，一站又一站的啓程，一次又一次的出發。

巴黎就是一個再好不過的解釋。當你對一件事物的喜愛到達一定程度，恐懼就如過眼雲煙。我當然記得那些心悸的片段，現在想起來還是覺得非常可怕，但它不足以阻止我再度踏上自己深深喜愛的土地。十幾個小時的飛行，不斷調整來調整去的時差，永遠無法達標的睡眠，相較於整個讓我心醉神馳的巴黎，這些旅途中必然的不便，根本小到我看不見。

人生是自己的，旅途也是自己的，既然可以更精采，又有什麼理由拒絕呢？

Eurasian Publishing Group
圓神出版事業機構
用心與你對話・視野無限寬廣
圓神出版社
Eurasian Press
www.booklife.com.tw
reader@mail.eurasian.com.tw

圓神文叢 269

不只是旅行

作　　者／黃麗穗
發 行 人／簡志忠
出 版 者／圓神出版社有限公司
地　　址／台北市南京東路四段50號6樓之1
電　　話／（02）2579-6600・2579-8800・2570-3939
傳　　真／（02）2579-0338・2577-3220・2570-3636
總 編 輯／陳秋月
主　　編／吳靜怡
責任編輯／吳靜怡
校　　對／吳靜怡・林振宏・歐玟秀
美術編輯／劉鳳剛
行銷企畫／詹怡慧
印務統籌／劉鳳剛・高榮祥
監　　印／高榮祥
排　　版／莊寶鈴
經 銷 商／叩應股份有限公司
郵撥帳號／18707239
法律顧問／圓神出版事業機構法律顧問　蕭雄淋律師
印　　刷／國碩印前科技股份有限公司
2020年1月　初版

定價 340 元　ISBN 978-986-133-708-1

從收整行李，到上機後如何自處，旅行於我，愈來愈像是一場又一場生活邏輯的練習與實踐。本來活得隨興的人，可以通過前述種種，找到屬於自己的旅行中該有的態度。本來拘泥於眾多原則的，也能學著斷捨離。

——《不只是旅行》

國家圖書館出版品預行編目資料

不只是旅行／黃麗穗 著 -- 初版 -- 臺北市：圓神，2020.01
216面；14.8×20.8公分 --（圓神文叢；269）

ISBN 978-986-133-708-1（平裝）

863.55 108020813